徳間文庫

お髷番承り候十

君臣の想

上田秀人

徳間書店

目次

主な登場人物

深室賢治郎《みむろけんじろう》　お小納戸月代御髪係、通称・お髷番。風心流小太刀の使い手。かつては三代将軍家光の嫡男竹千代（家綱の幼名）のお花畑番。

三弥《みや》　深室家の一人娘。賢治郎の許婚。

深室作右衛門《みむろさくえもん》　深室家当主。留守居番。賢治郎の義父。

徳川家綱《とくがわいえつな》　徳川幕府第四代将軍。賢治郎に絶対的信頼を寄せ、お髷番に抜擢。

巌海和尚《がんかいおしょう》　善養寺の住職。賢治郎の剣術の兄弟子でもある。

松平主馬《まつだいらしゅま》　大身旗本松平家当主。賢治郎の腹違いの兄。

順性院《じゅんしょういん》　家光の三男・綱重の生母。落飾したが依然、大奥に影響力を持つ。

新見備中守正信《にいみびっちゅうのかみまさのぶ》　甲府徳川家の家老。綱重を補佐する。

桂昌院《けいしょういん》　家光の四男・綱吉の生母。順性院と同様、大奥に影響力を持つ。

牧野成貞《まきのなりさだ》　館林徳川家で綱吉の側役として仕える。

徳川頼宣《とくがわよりのぶ》　紀州藩主。謀叛の嫌疑で十年間、帰国禁止に処されていた。

三浦長門守為時《みうらながとのかみためとき》　紀州徳川家の家老。頼宣の懐刀として暗躍。

阿部豊後守忠秋《あべぶんごのかみただあき》　老中。かつて家光の寵臣として仕えた。

堀田備中守正俊《ほったびっちゅうのかみまさとし》　奏者番。上野国安中藩二万石の大名。

第一章　旗本の浮沈

一

深室《みむろ》作右衛門《さくえもん》は六百石取りの旗本である。謀反《むほん》でも企まないかぎり、その取り調べは、評定所で執りおこなわれ、罪が決まるまでは牢ではなく屋敷で謹慎となる。

そして旗本の罪は、死罪、切腹、放逐、減封、隠居、謹慎、登城遠慮など、そのどれになっても牢に入ることはなかった。

「思い当たることを申せ」

目付《めつけ》田尾《たお》調所《ずしょ》が、評定所の一室に呼び出した深室作右衛門を取り調べていた。

評定所は旗本の取り調べの他、老中、寺社奉行、町奉行、勘定奉行らの会合にも用いられる。もとはときの大政委任を受けた酒井雅楽頭忠勝《さかいうたのかみただかつ》、土井大炊頭利勝《どいおおいのかみとしかつ》らの屋敷で臨時に開催されるものであったが、明暦《めいれき》の大火でこれら執政衆の屋敷も焼亡したため、あらたに伝奏《てんそう》屋敷の一部をあてるようになっていた。

「なにもございませぬ」

頑《かたく》なに作右衛門は否定し続けた。

「強情な奴め。我ら目付の目を節穴だと思っておるのか」

同席していた目付の豊島《としま》監物が怒った。

「知らぬものは知らぬとしか申せませぬ」

作右衛門は首を横に振った。

「調べはついているのだぞ。そなたの屋敷に討ちこんだ者どもの身許《みもと》は知れた。旗本山本《やまもと》兵庫《ひょうご》の家臣じゃ」

「……異なことを言われる」

豊島の言葉に作右衛門が首をかしげた。

「そこまでおわかりならば、当家と山本何某《なにがし》とのかかわりがないこともご存じでござろう。拙者《せっしゃ》、刀に誓って山本という御仁《ごじん》と一面識もござらぬ」

「……むう」

言い返された豊島が詰まった。

「なにより、山本何某の家臣というならば、その主《あるじ》に理由を問われるべきでございましょう」

「問えぬゆえ、そなたに訊《き》いておるのだ。山本兵庫はすでに死んでおる。路上で斬《き》り殺されてな」

「…………」

作右衛門は知っていた。その家臣たちから、山本兵庫を殺したのが養子の深室賢治《けんじ》郎《ろう》であり、その事実を表に出されたくなければ、金を払えと脅されていたからであった。

「死に恥を晒《さら》した咎《とが》で山本家は断絶、家臣たちはお構いなしとなった。その家臣たちが、なぜ集まってそなたの屋敷を襲った」

田尾が再度質問した。

「……わかりかねまする」

ふたたび作右衛門は首を左右に振った。

「わからぬはずはあるまい。近隣で見ていた者がおるのだぞ。そなたが、家臣どもに命じて、山本家旧臣どもを迎え撃たせたことを」

ぐっと田尾が迫った。

「無体にも襲われたのでございまする。家臣どもを動員して戦うのも当然でございましょう」

正当防衛だと作右衛門は主張した。

「なれば、話を変えよう。そなたの家に旗本松平主馬《まつだいらしゅま》の弟がおるの」

「おりまする」

事実には違いない。作右衛門は認めた。

「たしか賢治郎と申したか。その者と山本兵庫との間に確執があったのではないか」

「……それは」

作右衛門が詰まった。

「あったのだな」

「わかりませぬ。知りませぬゆえ、お答えに詰まっただけでございまする」

ぐっと踏みこんでこようとする田尾に、作右衛門は反した。

「養子とはいえ、そなたの娘婿《むすめむこ》であろう。その交流を知らぬでは、家長としての資格に欠けておると言わざるをえぬ」

豊島が詰問した。

「まず一つ、事実誤認を訂正させていただきたい」

「事実誤認じゃと。なにがだ」

作右衛門の発言を豊島が許可した。

「賢治郎を我が深室に迎えましたが、娘婿ではございませぬ」

「ほう。ではなんだというのだ」

「松平主馬どのより、世間を知らぬ弟を鍛えてやってくれとのご依頼を受け、お預かりしていただけでございまする」

「預かっていただけだと。そんな言いわけが通るとでも」

豊島があきれた。

「言いわけではございませぬ。事実でござる。右筆方《ゆうひつ》の書付をお調べいただきたい。我が家から婿を迎えたいとの願いは出しておりませぬ」

「それはすでに調べた。たしかに、婚姻にかんするものはなかった」

作右衛門の言いぶんを豊島が肯定した。

「しかし、養子縁組の届けは出ていたぞ」

遡《さかのぼ》っての把握もしていると豊島が告げた。

「あれは形でござる」

「形……」

「さようでございまする。賢治郎を預かるとはいえ、勝手に三千石の庶子の居所を移すわけには参りませぬ。そこで、私の養子に一時したわけでございまする。いずれ、時期が来れば、養子を解消し、松平家へお返しする予定でございました」

「そのような妙な話、聞いたことさえないわ。話を作るにしても、もう少しましなものにせよ」

田尾が冷たい目で作右衛門を見た。

「作り話かどうかは、松平主馬どのにお問い合わせいただきたい」

作右衛門が投げた。

「その松平主馬から、深室賢治郎の義絶届けが出ておる」

「義絶届け……おのれ。一人逃げおおせる気だな」

知らなかったことを聞かされて、思わず作右衛門が罵声《ばせい》を漏らした。

「一人逃げおおせる……なんのことだ」

「詳しく話せ」

目付が聞き逃すはずなどなかった。

「…………」

「黙《だん》りがつうじるなどと考えるなよ。目付は甘くはないぞ」

豊島が厳しい声を出した。

「我らの心証次第なのだ。我らが深室の罪は軽いと上様へ上申すれば、多少の傷を受けても、深室の家は残る。そなたも役目を退《ひ》かざるをえまいが、死なずにすむ」

「ぎゃくに我らを怒らせれば、その身は切腹、深室は改易《かいえき》となる。わかっているか、改易には闕所《けっしょ》も伴う。そなたの一人娘には、なにも残されぬ。当座の着替えと涙金だけを手に、放り出されることになる。咎人の娘として、生涯親戚の屋敷で肩身の狭い思いをすることになるぞ」

田尾と豊島が脅しをかけた。

「………………」

作右衛門の表情がゆがんだ。

「いい加減にせい。我らも暇ではない」

「ああ。そなたの相手をしてばかりもおれぬ。そうじゃの、あと三日で取り調べは終わりじゃ」

二人の目付が、期限を切った。

「なんと……」

三日限りと日限を切られた作右衛門が息を呑んだ。

「当然であろう。そなたごとき小者にいつまでもかかわっておれるか」

冷たく豊島が言った。

「さあ、申せ。もう、今日は、残り一刻《いっとき》（約二時間）ほどしかないぞ」

「あまりでござろう」

「なにを言う。今まで三度も機会は与えた。わかっているのか、そなた、この評定所に三度も来ているのじゃ。いい加減に肚《はら》を据《す》えよ」

苦情を申し立てた作右衛門を、田尾が突き放した。

「……ううっ」

作右衛門が泣きそうな顔をした。

「二度なにもなくすんだゆえ、このままいけるとでも思ったか。それとも賢治郎を通じて、上様へお願いをするつもりであったかは知らぬが、目付を舐《な》めるでないわ」

「面倒じゃ、もう終わりにしよう」

田尾に続いた豊島が打ち切りを口にした。

「そうじゃの。なにもこやつからだけ訊かずともよい。松平主馬、山本兵庫の親類一同、事情を知る者にはことかかぬ」

田尾も同意した。

「深室は恨みを受けた者から襲撃され、玄関に傷をつけられた。のみならず、目付の調べにも反した。作右衛門はお役御免のうえ、切腹、深室は改易といたすのが妥当でござろう」

「それがよかろう。もっとも改易にせずとも、深室には跡継ぎがないゆえ、法により断絶。家禄は没収となるの」

徳川家康《とくがわいえやす》は、跡継ぎのない家の存続を認めないと決めていた。その子四男松平忠吉《ただよし》にも適用されただけに、絶対の法として厳しく守られている。

もっとも、普段ならば救済策として、一門から跡継ぎを出すことが黙認されていた。しかし、厳密にいけば、それも末期養子《まつご》同様法度《はっと》である。目付が右筆へ、その旨を通知すれば、家督は絶えた。

「お、お待ちあれ。お話しすることがござる」

作右衛門があわてた。時間を稼ぎ、その間に手を打とうとしていた作右衛門の策は、しっかりと目付に見抜かれていた。

「…………」

今度は二人の目付が黙った。

「まず、今回の襲撃は、本当に知りませぬ」

あらためて作右衛門は否定した。これを認めてしまえば、深室の未来はなくなってしまう。城下を騒がせた原因があると認定されてしまえば、まちがいなく深室は潰《つぶ》される。

「いきなり下城の途中で襲いかかって参りました。そのとき、恨みだとか、思い知れなども申しませなんだ。襲われたゆえ、対応しただけでござる。お城下を騒がせたことは、重々申しわけなく存じておりますが、降りかかった火の粉を払っただけでございまする」

「…………」

一生懸命な作右衛門に、目付たちは反応さえしなかった。

「屋敷もお調べいただいたはずでございまする」

「ああ。玄関の傷も見たぞ」

武家にとって玄関は顔である。額《ひたい》に傷をつけられたと同じく、武門の恥とされていた。

「なれば、玄関に置かれていた壺《つぼ》などが乱れていたのもご覧いただけたはずでござる。あれは、押しこんだ者どもが持ち帰ろうとしたためでございました」

「……たしかに」

「そうなのか」

現場に出た田尾がうなずき、豊島が確認の問いを発した。

「盗賊でござったのではないかと」

作右衛門が提示した。

「それを判断するのは、我らである」

あっさりと田尾が断じた。

「で、まずと言ったのだ。他にも言いたいことがあるのであろう」

豊島が促した。

「…………」

作右衛門が沈黙した。

「またか」

豊島があきれた。

「田尾氏よ。盗賊の筋についての取り調べはまだでござるな」

「さよう」

田尾がうなずいた。

「まずは、そちらを確認いたしましょうぞ。そして盗賊であったならば、深室の言いぶんを認めてやりましょう。それでも玄関まで侵されたことを見逃すわけには参らぬゆえ、お役御免、謹慎、加増分召し上げといたしましょう」

「ふむ。で、もし盗賊が偽り、あるいは行きがけの駄賃ていどであったならば……」

「目付を騙《だま》そうとした。これは上様をたばかったも同然。その身は打ち首、家は改易、一族連座」

きっと豊島が作右衛門を睨《にら》んだ。

武士にとって切腹は名誉であった。罪を犯しても、切腹すればそれですべては清算される。当主の切腹とあれば家も潰れるが、うまくいけば数年先に微禄ながら再建されるときもある。しかし、打ち首は違った。打ち首は下人と同じ扱いとなり、二度と深室の家は徳川の旗本として蘇《よみがえ》ることはない。妻と娘は女ゆえ、死を命じられることはないが、放逐される。そして、打ち首となった縁《ゆかり》の者を引き取ってくれる者はいない。今まで旗本の妻、娘として明日の心配をしたことのない女二人が、生き馬の目を抜く江戸でやっていけるはずなどなかった。

「本日は、ここまで。おって呼び出すまで、謹んでおれ」

豊島と田尾が立ちあがり、出ていった。

「あっ……」

声を出しかけた作右衛門だったが、誰も相手にはしてくれなかった。

二

深室家の大門は封鎖されていた。

当主が罪を問われている間は、大門の出入りは禁止される。というより、人の出入りが禁じられた。

もちろん、完全に出入りを止めてしまえば、食料を買うこともできなくなるため、勝手口の使用は見逃されていた。

「行ってくる」

賢治郎は台所口で草履を履いた。

「お待ちくださいませ」

見送りにとついてきた三弥《みや》が、賢治郎を制した。

「なんでござろう」

「今夜よりお戻りにならぬよう」

三弥が冷たい声を出した。

「なぜでござる」

いきなりのことに賢治郎は驚いた。

「当家の状態はおわかりでございましょう」

「ご当主どのが、謹慎なされている」

確認された賢治郎は答えた。

「ご存じならば、深室家の状況もおわかりでございましょう。このままでは、賢治郎さまも連座となりまする」

連座とは、罪が一統に及ぶことだ。武家の場合、当主の罪は、子供たちにも適用されることがほとんどである。

「当然のことでございましょう。わたくしは深室の跡継ぎでござる」

賢治郎は動揺しなかった。

「なりませぬ。あなたさまが罪を受けられる理由はございませぬ」

三弥が強く首を振った。

「なぜでござる。拙者は三弥どのの……」

「本日をもって、ご縁を切らせていただきまする」

許嫁《いいなずけ》であると言いかけた賢治郎を、三弥が遮った。

「な、なにを」

賢治郎が驚愕《きょうがく》した。

「あなたさまは、上様のお側《そば》にお仕えされておられまする」

「たしかに、わたくしはお小納戸《こなんど》月代御髪《さかやきおぐし》でございますが……」

小納戸は将軍の身の回りの世話をする役目である。そのなかで月代御髪は、特別であった。

月代御髪はその名前のとおり、将軍のひげと月代を剃《そ》り、髷《まげ》を整える役目である。唯一、将軍家の身体《からだ》に刃物を当てることを許されている。

命を預けられることからもわかるように、将軍家の信頼厚い者だけが選ばれた。

もともと賢治郎は、四代将軍家綱《いえつな》のお花畑番であった。お花畑番とは、幼い将軍世子の幼なじみとして仕える同年代の子供のことだ。その役目上、将軍世子と深くかかわり、将来は重用されていくと決められているため、三千石以上の名門旗本の子息から選ばれた。

賢治郎も三千石寄合《よりあい》旗本松平多門《たもん》の三男だったおかげで、家綱のお花畑番となれた。

このままいけば、家綱の腹心として出世していくはずだったが、腹違いの兄主馬に睨まれたために、お花畑番を辞させられたうえに、格下の深室へと養子に出された。

もっともそのお陰で、家格にふさわしい月代御髪に就任でき、家綱の寵臣《ちょうしん》として側近くにいられるようになった。

「月代御髪のお仕事は、上様のお身体に触れるもの」

「いかにも」

賢治郎は首肯《しゅこう》した。

「上様のお身体に触れる者が、罪を得たとしたら……」

「……あっ」

言われて賢治郎は気づいた。将軍の身体に汚れた手で触れるわけにはいかなかった。

「おわかりいただけましたでしょうか。たかが深室のために、上様にご負担をおかけいたすわけにはまいりませぬ」

台所の板の間に座っていた三弥が姿勢を正した。

「ただいまをもちまして、深室賢治郎を義絶いたしまする。二度と屋敷の敷居をおまたぎになりませぬよう」

険しい声で、三弥が宣した。

「三弥どの……」

「さあ、お出ましくださいませ。お役目に遅れましょう」

唖然《あぜん》とした賢治郎の背中を三弥が押した。

月代御髪は、将軍の目覚めと同時に仕事を始める。夜明け前までに、登城していなければならなかった。

「…………」

お役目をおろそかにすることだけはできなかった。悄然《しょうぜん》として賢治郎は深室家を後にした。

「賢治郎さま……」

微動だにしなかった三弥の身体が揺れた。

「今までありがとうございました。どうぞ、これからは深室の名前に縛られず、自在にご活躍くださいませ」

「お嬢さま……」

言い終わった三弥を女中が気遣った。

「あああ……」

三弥が崩れた。

将軍の朝は、夜明けともに始まる。

「もうううう」

小姓《こしょう》の起床を促す声で、将軍は起きなければならなかった。どれだけ眠たかろうが、体調が悪かろうが、一度は夜具から離れなければならない。

「起きたぞ」

将軍となってからずっと繰り返されてきた毎日の習慣に慣れた家綱は、すっきりと目覚めた。

「どうぞ、こちらへ」

小姓が家綱を夜具の上から、敷物へと移動させた。

「お漱《すす》ぎを」

起き抜けにうがいの水が用意される。

「お脈を拝見」

奥医師による診察がおこなわれたあと、賢治郎の出番となった。

「一同、遠慮せい」

家綱が、小姓、小納戸たちに他人払《ひとばら》いを命じた。

月代御髪は将軍の身体に刃物を当てる。少し手先が震えただけで、切り傷ができる。

事実、家綱は賢治郎を月代御髪に任命する前、何度となく月代、頰《ほお》などを切られていた。それを防ぐため月代御髪に静かな環境で役目に専念させたいと、家綱は賢治郎と二人きりになるようにとしていた。

二人きりになる。他人に聞かせたくない話ができる。江戸城から出ることのできない家綱は賢治郎を手足として使い、城下の様子、政《まつりごと》の評判などを調べさせている。その報告を受ける場でもあった。

「はっ」

これも毎日のことになった。当初、文句をつけていた小姓たちも、粛々と御座の間を出ていった。

「ご無礼いたしまする」

剃刀《かみそり》を手に、賢治郎が家綱の背後に回った。

「剃刀を置け」

月代へ手を伸ばした賢治郎を家綱が止めた。

「……なにか」

「言わせる気か、賢治郎。なにがあった」

家綱が振り向いた。

「上様……」

「そなたとは襁褓《むつき》の取れぬ幼児のころから一緒にいたのだぞ。なにがあったかまではわからぬが、なにかあったかくらいは、そなたの纏《まと》う空気でわかる」

「畏《おそ》れ多い」

すばやく下がって、賢治郎は平伏した。

「前へ回れ」

家綱が、話をせよと命じた。

「私事ながら……」

今朝を含め、最近の出来事を賢治郎は語った。

「順性院《じゅんしょういん》付きの用人とのことは聞いていたが……そなたの岳父《がくふ》まで巻きこまれていたとはの」

家綱がうなった。

「申しわけございませぬ」

「そなたのせいではないわ。すべては躬《み》に跡継ぎがおらぬからである」

詫《わ》びる賢治郎に、家綱が首を左右に振った。

「しかし、佳《よ》き女じゃの、深室の娘は」

「はい」

家綱の称賛に賢治郎は同意した。

賢治郎も成長している三弥の真意がどこにあるかくらいはわかっている。それが推測でなく、正解だと疑いなく受け入れられるだけの交流は重ねてきた。

「情けないと思え、賢治郎」

家綱の声が厳しいものになった。

「まだ年端もいかぬ女がこれだけの決意をしたというに、なぜ、そなたは心平安に任を果たせぬ。躬にわかるほど動揺しているなど……深室の娘に、今のそなたはふさわしくないぞ」

「……恥じ入りまする」

叱られて賢治郎はうなだれた。

「どうする。落ち着くまで任を休むか」

「いいえ。もう、大事ございませぬ」

言われた賢治郎は顔をあげた。

「ご無礼をつかまつりまする」

賢治郎は剃刀を持ちなおした。

月代を剃るときには、十分に水で濡らさなければならない。そのまま刃物を当てれば、傷しやすいだけでなく、荒れる原因となる。

輪島塗の桶《おけ》につけた白絹の小布を軽く絞って、家綱の月代にそっと置き湿らせ、その間に髷の元結《もとゆ》いを切る。寝たときに乱れないよう縛ってあった紙の紐《ひも》がなくなり、さっと家綱の髪が拡がった。

庶民や低級武家などは、毎日髪を洗わなかった。鬢《びん》付け油などで固めてある髷は、洗うのも大変だが、まとめるのが面倒だからである。髪結い床に行かなければ、まずまともな形とはならない。当然ながら、髪結い床は無料ではなく、料金がかかるのだ。となれば、数日に一度しか髪を洗わなくなる。洗わなければ不潔となり、頭が痒《かゆ》くなった。そこで男は笄《こうがい》を女は簪《かんざし》を使った。

もちろん、将軍に頭が痒い思いをさせるわけにはいかなかった。将軍は毎日湯浴《ゆあ》みをし、小姓の手によって髷を解かれ、頭を洗われた。その洗った髪は、見苦しくないていどにまとめるだけでよく、湯浴み係の小姓がくくった。

拡がった髪を賢治郎は、別の白絹を濡らしたもので湿らせ、柘植《つげ》の櫛《くし》で梳《す》いた。続けて家綱の月代の上に置いた白絹を取りさり、そこへ剃刀をあてていく。同じようにしてひげを剃り、最後に鬢付け油で固めた髪をまとめ、元結いで縛って完成である。

「終わりましてございまする」

賢治郎が平伏した。

「うむ。大儀であった」

鷹揚《おうよう》に家綱がうなずいた。

「他になにか御用は」

賢治郎が問うた。

「別段ないの。そうじゃ、賢治郎」

「はい」

問いかける家綱に、賢治郎は手をついて傾聴の姿勢を取った。

「深室に帰れぬならば、どこに宿するのだ」

「お気遣いをいただきかたじけのう存じまする」

心配してもらえたことへの感謝を賢治郎はまず口にした。

「剣術の兄弟子が寛永寺《かんえいじ》側の善養寺《ぜんようじ》で住持をいたしておりますので、そちらでしばらく世話になろうかと」

賢治郎は答えた。

将軍のお花畑番になった賢治郎に、父松平多門は室内での戦闘を念頭に置いた小太刀《こだち》を学ばせた。その師匠となったのが、風心流小太刀の名手厳路坊《げんじ》であった。だが、巌路坊は賢治郎に基礎を教えこむと、全国行脚《あんぎゃ》の旅に出てしまった。その後を引き継いだのが、善養寺の住職で賢治郎の兄弟子巌海坊《がんかい》であった。

「なるほどの。わかった。下がってよいぞ」

「はっ」

家綱の許可を受けて、賢治郎は御座の間を出た。

「上様、朝餉《あさげ》をお持ちいたしました」

代わって別の小納戸が膳《ぜん》を用意した。

「うむ。朝餉の後でよい、豊後守《ぶんごのかみ》をこれへ」

家綱が老中阿部《あべ》豊後守忠秋《ただあき》を呼べと命じた。

老中阿部豊後守は、三代将軍家光《いえみつ》の寵臣であった。女よりも男を好んだ家光の男色相手として前髪を蓄えたころから仕え、元服してからは家光の側近として活躍し、ついには老中にまで上り詰めた。家光の寵臣として殉死すべきであったのを、遺言として家綱の傅育《ふいく》を命じられ、そのまま執政としてあり続けていた。

「お呼びと伺いました」

阿部豊後守が、家綱のもとへ伺候した。

「近《ちこ》う寄れ。皆、遠慮せい」

家綱が阿部豊後守を招きつつ、他の者に席を外すように指示した。

将軍と老中が密談をするのは、珍しくない。その場に同席するのは名誉であるが、一つまちがえば巻きこまれて身分を失う。すばやく小姓たちがいなくなった。

「賢治郎のことでございまするな」

「わかっていたか。賢治郎が深室を追い出されたらしい」

「さようでございましたか」

告げた家綱に、阿部豊後守が首肯した。

「上様、わたくしからお願いをいたそうと思っておりました」

「なんじゃ」

家綱が促した。

「賢治郎に別家をお許しいただきたく」

「よかろう」

あっさりと家綱が許可した。

「委細はお任せいただけましょうや」

「任せる」

「では、早速手配をいたしますゆえ、これにて」

「うむ」

父親代わりの老臣と若き将軍の会話は、手早く終わった。

御座の間から御用部屋へ戻った阿部豊後守は、詰めている右筆を手招きした。

「なんでございましょう」

右筆が、阿部豊後守の仕切のなかへ入って来た。

幕府にかかわる書類一切を取り扱うのが右筆である。武をもって成りたつ幕府において、番方よりも身分は低いが、政の根本にかかわるだけに権は大きい。とくに老中たちと親しく接する御用部屋詰めは、下手《へた》な大名よりも力を持っていた。

「上様より、別家をさせよとのご内意を受けた」

「別家でございますか。それはまた」

右筆が驚くのも無理はなかった。幕初で人が足りなかったころには、旗本の次男、三男を別家させて補充するのはままあることであった。しかし、泰平となり武力が不要となって久しい。今では増えすぎた旗本、御家人《ごけにん》の禄が、幕府財政を圧迫している。どうやって人を減らすかを執政が悩むご時世に、新規のお召し出しは珍しい。

「ついては所定の手続きを始めてくれるように」

老中は命じるだけで、実務は下僚の仕事である。阿部豊後守は右筆に丸投げした。

「承りましてございまする。して、別家を賜る者の名前と、与えるべき禄をお教え願いまする」

当然の要求を右筆がした。

「そうであったの。新規お召し出しの栄を賜るのは、留守居番深室作右衛門方に寄寓しておるお小納戸月代御髪の深室賢治郎である」

阿部豊後守は、賢治郎を深室の娘婿、養嫡子と言わなかった。同居人と表現した。

「深室さまの……寄寓でございますな」

右筆は書付をあつかうのが仕事である。幕府はその書付がなければ動かない。旗本が相続人を代える、町奉行所が罪人を処刑するにも右筆へ届けなければ処理が進まない。

賢治郎が先日実家の松平家を義絶されたことも、養父である深室作右衛門が、目付の調べを受けていることも知っていた。そして、執政に近い右筆が、阿部豊後守の言葉の裏を読めないはずもなかった。

「禄は……小納戸はどのくらいじゃ」

「小納戸の役高は五百石でございまする」

すっと右筆が答えた。幕府の故事来歴のすべてを知っていなければ、右筆、まして御用部屋詰めなど務まらなかった。

「それでは多いな。最初じゃ。もう少し下げよ」

「小納戸にふさわしいとなれば、少なくとも三百石は要《い》るかと」

「けっこうだ」

二百石減らしたことで阿部豊後守は納得した。

「では、すぐに」

右筆が一礼して、下がろうとした。

「ああ、待て。いわずもがなだろうが、これは上様のお声掛かりである。愚かなまねをして邪魔するような者はおるまいと思うがの。なにかあれば、余が直接に出向くぞ」

「し、承知いたしておりまする」

阿部豊後守に凄《すご》まれた右筆が、顔色をなくした。

右筆が権を握っているのは、どの案件を先に処理するかの選択を任されているからであった。政の書付などは、さすがに順番で処理されるが、それ以外は右筆の機嫌次第であった。相続、婚姻など大名、旗本が幕府へ出す届けは多い。それを右筆が受付、担当の役所へ回す。そして担当の役人が処理する。こうしてようやく届けは有効になる。

逆にいえば、右筆が届けを留《とど》めている限り、願いは聞き届けられないのだ。さしたるものでないときはいい。どれだけ手間を掛けようとも、いつかは処理される。ずっと寝かしておくわけにはいかないのだ。当たり前ながら、届けを出した大名、旗本が不審に思い、別の手段を執ったとき、右筆がわざと遅らせていたとばれては咎められる。もちろん、幕府の数えきれぬ数の書付を扱うのだ。数日から一カ月ていどならば、問題にはならなかった。

これを右筆は利用していた。届けの内容が相続であるときや、婚姻、養子など、家の存続にかかわるとき、一日遅れただけで、養子が間に合わなくなることもあるのだ。そこで、願いを出した大名や旗本たちは右筆に金品を贈り、迅速な手続きを頼むのだ。これが右筆の余得であり、長崎奉行ほどではないとはいえ、裕福な役目として羨望される理由であった。

「……………」

阿部豊後守のもとから離れた右筆は、急いで御用部屋を出て、右筆部屋へと向かった。

「新規お召し出しとなれば、まず知行所の選定だ、これは勘定頭へ。続いて屋敷を与えねばならぬ、普請《ふしん》奉行だな。続けて系譜を上げねばならぬ。これは我らの役。誰か新参にさせればよかろう。とはいえ、普通に出しては、多忙な勘定方などは、後回しにしかねぬ。上様御用、豊後守さま係の付箋《ふせん》を忘れてはならぬ」

右筆が段取りを整えた。

三

新見《にいみ》備中守《びっちゅうのかみ》正信《まさのぶ》は、甲府《こうふ》藩主徳川《とくがわ》綱重《つなしげ》の傅育であり、藩政を預かる家老であった。その出自は旗本であり、家光の三男綱重が別家するときに付け家老として出された。一応身分は直臣《じきしん》並とされているが、そのじつは陪臣《ばいしん》でしかない。とはいえ、家光の息子に付けられるほどである。名門旗本の出には違いなかった。

「深室が閉門させられた」

名門旗本だったころの伝手《つて》を新見備中守は維持していた。いずれ、跡継ぎのいない家綱の跡を主君綱重が襲うときのためと、金を惜しまず撒《ま》き続けてきたお陰で、状況をすばやく手にすることができた。

「山本兵庫の家臣たちは使えたの」

新見備中守が、満足そうに笑った。

「不逞《ふてい》の輩《やから》とはいえ、屋敷を襲われて玄関まで傷つけられたのだ。深室家が無事ですむはずはない。当主が罪を得れば、嫡子も連座する。さほど重いものにはならぬだろうが、慎みのうえ、お役目御免は避けられまい」

旗本が咎められたとき、まずその役職を奪われる。

「寵臣とはいえ、連座をふせぐことはできまい。贔屓《ひいき》は、御政道に傷を付けるからの」

政をする者は、公平でなければならない。寵臣だからといって、罪を許せば、世間が非難を浴びせる。主君の名前に泥を塗る。これほど寵臣に耐え難いものはなかった。そうなる前に、身を退くのが寵臣の矜持《きょうじ》であった。

「月代御髪がいなくなる。これで上様の手足は奪えた」

新見備中守が呟《つぶや》いた。

「できれば、その後釜《あとがま》に、我らに近しい者を押しこめればよりよいのだが……誰ぞ、小納戸で使えそうな者はおらぬかの」

腕を組んで新見備中守が思案した。

「右筆に金を握らせて、吾《わ》が手の者を小納戸にはめこむか」

小納戸は将軍の雑用係である。身分は小姓に比べれば低いが、将軍の目につきやすく、後々出世しやすいため、人気の役職であった。

「甲府の力で、後押ししてやれば……」

新見備中守が腰をあげた。

「出かけるゆえ、駕籠《かご》を用意いたせ」

大きな声を新見備中守が出した。

騎乗するだけの格を新見備中守は持っている。とはいえ、騎乗では、どこで誰に顔を見られるかわからない。その点、駕籠ならばよほどの知り合いでもない限り、正体を一目で見抜かれる心配はなかった。

目立たぬよう、供する者も減らした新見備中守の駕籠が夕暮れの江戸を進み、一軒の旗本屋敷を訪れた。

「並んでおるな」

さほど大きくない旗本屋敷の門前に、三組ほどの来客がたたずんでいた。

「いかがなさいますか」

供が問うた。

「駕籠ではかえって目立つ。ここで降りる。一人ついて参れ。他の者は、少し離れたところで待機しておれ」

履き物を用意させた新見備中守が駕籠を出て、行列の最後についた。

「おかえりいいい」

近所中に響く声をあげる中間《ちゅうげん》を先頭に、屋敷の主が帰ってきたのは、それから半刻（約一時間）ほどしてからであった。

そして、新見備中守の番が来たときには、日は完全に落ちていた。

「お待たせをいたしました」

客間で待っていたのは、右筆頭の松山《まつやま》であった。

「甲府家家老新見備中守でござる。夜分にお邪魔をいたす」

「これは、備中守さま。お名乗りいただければ、先にお話を伺いましたものを」

名乗られた松山が慌てた振りをした。

「いや、いや、今は甲府の家臣でござれば、松山さまにお気遣いをいただくわけにはいきませぬ」

謙遜しながら、新見備中守は持参してきた袱紗《ふくさ》包みを差し出した。

「ご無沙汰《ぶさた》のご挨拶《あいさつ》代わりでござる」

「これはごていねいに」

躊躇《ちゅうちょ》することなく、松山が金を受け取った。

「一つお願いがござる」

「なんなりと」

受け取った袱紗包みの大きさから、中身はだいたい知ることができる。満面の笑顔で、松山が応じた。

「小納戸になりたいと願っておる者を一人、ご紹介いただきたい。そして、その者がお役目に就けるよう、ご手配をお願いしたい」

「ご一門のお方では……」

まったくの赤の他人を出世させようと言う新見備中守に、松山が驚いた。

「詮索はご無用に願いたい。その分の費用も」

そう言って新見備中守が、袱紗包みを見た。

「わ、わかりましてございまする」

松山があわてて首肯した。

「できるだけ手早くお願いをいたしまする。あと、さりげなく吾が手配りと教えてやっていただきたい。では、夜分、お邪魔をいたした」

石高でも布衣《ほい》格を持つということからも新見備中守が上になる。だが、松山は旗本で、新見備中守は明文になっていない旗本格でしかないのだ。新見備中守は恭しく頭を下げ、その場から辞した。

「なにをしたいのだ」

残された松山が難しい顔をした。

勤めを終えた賢治郎は、下城した足で善養寺へと歩みを進めた。

「どうした」

現れた賢治郎に、兄弟子巌海坊が首をかしげた。

「申しわけございませんが、しばらく泊めていただきたく」

賢治郎は素直に頼んだ。

「また嫁に放り出されたか。飯代は出せよ」

巌海坊が笑った。

「早速だが、本堂の掃除を手伝え。働かざる者食うべからずじゃ」

巌海坊が賢治郎に命じた。

「はい」

袴《はかま》を脱いで、賢治郎はたすきがけをした。

「寛永寺の末寺か」

賢治郎の入っていった山門を、少し離れたところから二人の中間風の男が見ていた。

「あれが組頭どのを討ったというのか」

若い方の男が、腹立たしげな声を出した。

「うむ。我ら黒鍬《くろくわ》者一組の組頭一郎兵衛《いちろべえ》どのを殺したのが奴らしい。牧野《まきの》さまがそう仰《おお》せられていた」

少し年嵩《としかさ》な男が述べた。

「館林《たてばやし》御家老の牧野さまが、そう言われるならばまちがいなかろう」

若い男が納得した。

「どうする。帰りを狙《ねら》うか」

「ふむ。二人いれば大丈夫かの」

二人が顔を見合わせた。

「黒鍬の道具は持ってきておるぞ」

手のひらほどの大きさで木の葉のような形をした刃物や、小さな頭に長い柄を組み合わせる形の木槌《きづち》などを若い男が出した。

「吾《われ》も持参しておる」

同じような道具を年嵩の男も出した。

「仇《かたき》は討たねばならぬ。山で生きていくには、仲間と助け合わねばならぬ」

「そうじゃ」

二人の意見が一致した。黒鍬者は、鉱山を見つけ出し、採掘するのを仕事としていた山師を祖としていた。

「寺への参詣ならば、さほどときも喰《く》うまい」

「仲間を呼ぶ暇はなさそうだ」

顔を見合わせた二人が、善養寺の出入りがよく見える辻《つじ》の角に身を潜めた。

賢治郎は巌海坊と本堂の裏で対峙《たいじ》していた。

「久しぶりに手合わせしよう」

夕方の勤行を終えた巌海坊が木刀を持ち出した。

「よろこんで」

いろいろと最近悩むことばかりであった賢治郎である。なにも考えず、ただ身体を動かすだけの稽古に没頭したかった。

た。

「来い」

「お願いいたしまする」

目上から声をかけ、格下が先に動く。剣術の稽古における礼儀のようなものであった。

木刀を右手だけで上段に構えた賢治郎は、ゆっくりと間合いを詰めた。

賢治郎と巌海坊の手にあるのは小太刀を模した木刀である。脇差《わきざし》よりは少し長いが、太刀よりは短い。

一足一刀の間合いにあと半歩の位置まで賢治郎は近づいた。

「……………」

どちらかが踏み出せば、切っ先が届く。それが一足一刀の間合いである。動き一つで勝負が決まる。賢治郎はじっと巌海坊のつま先を見た。

相手の目を見るのは、格上相手には悪手であった。気迫で居竦《いすく》まされてしまえば、受けることとさえできずに、敗退させられてしまう。かといって、丹田のあたりを注視しても、衣服の上からでは、そこに気が溜《た》まるのを見分けにくい。

届かぬ間合いで戦うときに、つま先は目の付け所としてなによりであった。

そのまま小太刀を振っても届かないのだ。切っ先を相手にぶつけるには、どうしても踏みこまなければならない。となれば、もっとも最初に動くのがつま先であった。

「いつまで見ている。それでどうして敵を倒す」

動きを止めた賢治郎に、巌海坊が声をかけた。

「……やああ」

誘われた賢治郎は、小太刀を前へ振り出しながら、大きく踏みこんだ。

「なんの」

跳ねるような賢治郎の一撃を、巌海坊は恬淡《てんたん》としながら受け止めた。

「重心が前に寄りすぎじゃ。軽いわ」

片手で返すように巌海坊が、小太刀を振った。

「くっ」

下から木刀を弾《はじ》かれるような勢いに、賢治郎は後ろへ飛んだ。

「甘いな」

まるで紐で結ばれたかのように、巌海坊が後を追った。

「かああ」

小太刀を水平に薙《な》ぐことで、賢治郎は巌海坊の前進を阻害し、間合いを確保しようとした。

「悪い癖が出たの」

一瞬足を止めて、薙ぎの一刀をやり過ごした巌海坊が、間合いを詰めてきた。

「しまった」

薙ぎを撃ったばかりである。木刀は大きく横へ流れていた。

「小太刀はなにより間合いをなくせと、師から教えられたであろうが」

嘆息しながら、巌海坊が木刀で賢治郎の胸を軽く突いた。

「参りました」

賢治郎は肩を落とした。

「まあ、いろいろあるのだろう。決着を早くつけたいと焦りすぎている。それが無理な動きに繋《つな》がっておる。ただ、一カ所だけで戦うのならば、一人だけを相手すればいいのならば、それもよい。だが、賢治郎の場合は違うのであろう。上様を狙う者、賢治郎を亡きものにしようとする者と何人もの敵を順番に片づけていかねばならぬ」

「はい」

諭す巌海坊に、賢治郎はうなずいた。

「一人で多数と戦うには、ただ一つしか方法はない。一対一に持ちこむことだ。それさえできれば、相手が十人いようが、二十人いようが、勝負できる。どれほどの名人であろうとも、十重《とえ》二十重《はたえ》に取り囲まれてしまえば、それまでなのだ」

木刀を引きながら、巌海坊が説諭を続けた。

「囲まれないように動く。そのためになにが要る」

「敵の位置でございましょうか」

問われた賢治郎はそう答えた。

「いいや、違う」

強く巌海坊が否定した。

「己の位置だ」

「……己の」

「そうだ。己の位置を確認せい。足下はどうなっているか、右手にはなにがあるか、後ろに敵はいないか。それをあらためて見つめ直せ。さすれば、どこにどう動けばいいか、自ずからわかる」

巌海坊が語った。

「……………」

賢治郎は考えこんだ。

「よいか、戦う前にそれをすませよ。戦いに入ってからやっていては、後手に回る。

後の先は悪手である」

「なにを……」

剣術の極意に近いものを悪手と言う巌海坊に、賢治郎は目を剝《む》いた。

「そなたはなんだ」

「えっ……」

なんとも漠然とした質問に、賢治郎は戸惑った。

「わからぬか。これは禅の修行をさせなければならぬな」

巌海坊が嘆息した。

「まあいい。今は、そんな悠長なまねをしている暇はない」

さっと巌海坊が意識を切り替えた。

「深室賢治郎を説明してみよ」

もう一度言いかたを換えて、巌海坊が尋ねた。

「わたくしを……旗本小納戸月代御髪でございまする」

「やはりそれだけか」

巌海坊があきれた。

「そなたにとって、すべては上様のためなのだな」

「……………」

　言われて賢治郎が少し悩んだ。

「もう一つ、三弥の夫となるべき男でござる」

　賢治郎が宣した。

「善《よ》きかな」

　巌海坊が笑った。

「少し、成長したようだの。たしかに、そなたが上様の家臣であるというのは正しい。そなたは武士なのだからな。主君があって初めて武士は成りたつ。主家を持たぬ浪人は、武士ではない。忠義を捧げる相手がいぬ者は、両刀を差そうとも心がない。形だけじゃ」

　武家の根本を巌海坊が語った。

「そして武家は一代で終わってはならぬ。代々忠誠を受け継いでこそ、武士は本分を尽くせる。そう、主君大事ですべてを捧げるのは、武士の鑑《かがみ》でもなんでもない。己亡き後も、忠誠を続けていけるよう、家を残すことこそ武士の本分」

　巌海坊が続けた。

「そして、愛《いと》しい女を吾がものにしたいと思うのが、男の本能だ。これなくして、人はありえぬ。ゆえに我ら子を生《な》さぬ坊主は、人ではない。出家とは人でなくなるという意味である」

「人は子孫を残すもの」

「そうだ。それをまず、肚の一番底に沈めよ」

呟いた賢治郎に巌海坊が首肯した。

「そのうえに、武士をのせよ。武士は人の根本の上に置かれるものである。なぜだかわかるか」

「いいえ」

賢治郎は、首を左右に振った。

「子を残すというものとは別の本能、吾が命が大切と思う心を抑えるからじゃ。武士にとって、己の命よりも、主家が大事でなければならぬ」

「はい」

すんなりと賢治郎は受け入れた。

「さて、これで後の先が悪手だというのがわかったであろう」

今までの話は、そのためだと巌海坊が述べた。

「わかりましてございまする。後の先は主君に危難が及んでしまってからの対処。そうならぬよう、先の先を執るのが、武士の気構えだと気づきましてございまする」

「うむ。見事褒めてやりたいが、遅すぎるわ」

首を縦に振りながら、巌海坊が苦い顔を見せた。

「申しわけございませんでした。そして、心得違いをご指導いただきありがとうございました」

賢治郎は頭を下げた。

「わかったならば、もう一度来い」

「お願いをいたしまする」

稽古を再開すると言った巌海坊へ、賢治郎は木刀を向けた。

四

ずっと待っていた二人の黒鍬者がしびれを切らした。

「どうなっている。出てこぬぞ」

「もう、二刻（約四時間）を過ぎている。いくらなんでも遅い」

二人が焦った。

「裏門から出ていったのではないか」

若い黒鍬者が遠くを見るように身体を伸ばした。

「かも知れぬが、裏門から出ようとも、屋敷へ帰るならば、この前の道を通らねばならぬぞ」

年嵩の黒鍬者が首を振った。

「泊まりか」

「籠《こ》もるつもりだと」

寺社には、方違《かたたが》えを代表とする一夜の宿泊修行をおこなっているところもある。

「旗本が籠もるなどありえぬ」

日が落ちる前に屋敷へ帰っていなければならない決まりが、旗本にはあった。

「見てくる。これを頼む」

年嵩の黒鍬者が、身につけていた法被《はっぴ》を脱ぎ、腰に差していた脇差とともに若い黒鍬者に預けた。

「頼む」

若い黒鍬者が首肯した。

寺社は暮れ六つ（午後六時ごろ）に大門を閉じるが、救いを求めて訪れる者を受け入れるため、潜《くぐ》り門には閂《かんぬき》をかけないことが多い。

「ごめんを」

参拝を装った年嵩の黒鍬者が、声をかけながら潜り門を開けた。

「ご本尊さまにお願いをいたしたく」

そう口に出しつつ、黒鍬者が本堂への階段をあがっていった。

「……いない」

善養寺の本堂には、薬師如来《やくしにょらい》が祀《まつ》られている。その両脇には、蠟燭《ろうそく》が立てられ、一日中灯《あかり》が絶えないようになっていた。何本もの蠟燭で照らされた本堂は、一目で無人とわかった。

「籠もりではないのか」

思わず独り言の声が高くなった。

「ご参拝かの」

その声に応じるかのように、巌海坊が本堂の脇から入ってきた。

「……遅くにすみませぬ。心願の筋がございまして、お邪魔をさせていただいております る」


一瞬、遅れた黒鍬者だったが、すぐに対応をした。心願は他人に報《しら》せてはいけないものである。こういえば、僧侶もそれ以上踏みこんではこなかった。

「それはご殊勝な。どれ、ご心願がかないますよう、お経を捧げさせていただこうかの。どうぞ、お座りなされ」

そう言って巌海坊が本尊に正対した。

「あ、いや、あの」

黒鍬者が断りを入れる前に、朗々たる声で、巌海坊が読経《どきょう》を始めた。

「…………」

心願があって、夜分参拝をしたと口にした以上、読経につきあい合掌しないわけにはいかなかった。

あきらめて黒鍬者も腰を下ろした。

「……あれは」

その様子を賢治郎は、本堂の外から覗《のぞ》き見ていた。

巌海坊も賢治郎も剣術遣いである。表門を閉め、境内《けいだい》から誰もいなくなった状態で稽古を始めた。いわば気を研いでいたのだ。そこへ、侵入してきた異物に気づかぬはずなどなかった。

「妙なやつよな」

窺《うかが》うように黒鍬者を見た巌海坊が最初に懸念を口にした。

霊験あらたかとして知られた薬師如来を擁している善養寺である。夜中に子供が急な熱を出した、母が胸を押さえて苦しんでいるなどと、駆けこんでくる者もいる。寺の門が閉まってからの参拝は、まずどれも緊急なのだ。来た参拝の者に余裕などない。足音も高く走り寄り、本堂へ草履を履いたまま踏み入るなど、尋常ではない状態になる。

「草鞋《わらじ》を懐《ふところ》にしまいおった」

巌海坊の目つきが険しいものになった。

草鞋を懐に仕舞う。これは、裸足《はだし》で逃げ出すことを考えている証《あかし》であった。本堂の階段下で脱いでしまえばすむことをそうしないのは、いつでもどこからでも逃げ出せるようにと考えてのことである。

「盗賊には見えぬし、なにより我が寺に入る馬鹿もおるまい」

巌海坊は剣術坊主として知られている。うかつに入れば、手痛い目に遭わされるとわかっている。江戸の盗人が善養寺に侵入するはずはなかった。

「となると……」

巌海坊が、賢治郎を見た。

「申しわけもございませぬ」

賢治郎は詫びるしかなかった。

「見覚えはなさそうだの」

「はい」

初めて見る顔である。賢治郎には思い当たる相手がいなかった。

「では、正体を出さずにおられぬようにしてやろうか。注意をしておれよ」

そう賢治郎に忠告した巌海坊が、本堂へ入り読経をし始めたのであった。

「遅い」

預けられた法被と脇差を手に、若い黒鍬者が苛立《いらだ》った。

「藤尾《ふじお》どのまで帰ってこぬとは。なにがあるのだ、あの寺に」

若い黒鍬者が困惑した。

「寺へ入って、すでに半刻（約一時間）をこえた。いくらなんでもかかりすぎだ。なかで小納戸と鉢合わせして、戦っている……」

さっと若い黒鍬者の表情に緊張が走った。

「武器がないぞ。鋸刃《しころ》と木槌だけでは、いささか不利だ。一対一で太刀の相手は厳しい」

若い黒鍬者が顔色をなくした。

「…………」

無言で法被を捨て、藤尾の脇差を左手に摑《つか》み、若い黒鍬者が走った。

鬼気迫るとまではいわないが、ほとんど押っ取り刀で駆けつけたのだ。若い黒鍬者が山門脇の潜り門を通った瞬間に、賢治郎と巌海坊は気づいた。

「ようやくお連れさまがお出でのようじゃの」

読経を中断して、巌海坊が振り向いた。

「……連れでございますか」

藤尾が怪訝《けげん》な顔をした。

「ほれ、足音がいたしましょう」

巌海坊に促されて、耳をすました藤尾の顔つきが変わった。

「きさま、わかっていたのだな」

ようやく藤尾が、からかわれていたことを理解した。

「どこのお方かまでは、わかっておりませぬがの。賢治郎に御用でござろう」

数珠《じゅず》を手に巌海坊が立ちあがった。

「くそっ」

怒鳴りながら、藤尾が懐から木槌を取り出し、柄をつないだ。

「変わった道具じゃの。どうやって遣うのじゃ」

巌海坊が楽しそうな目をした。

「黙れ、坊主」

大きく藤尾が踏みこんだ。

「……あたらぬよ」

鋭く振られた木槌を、易々《やすやす》と巌海坊がかわした。

「こいつめ」

外れた木槌を、もう一度藤尾が振った。

「ふん」

今度は巌海坊が手で受け止めた。

「こんなもの、槌の先が頭に当たらぬかぎり、脅威ではない」

「ええい、離せ」

柄を持った巌海坊を藤尾が怒鳴った。

「このていどで、頭に血が上るとは、底の浅い」

巌海坊があきれた。

「藤尾どの」

土足で本堂へ踏みこんだ若い黒鍬者が、手にしていた脇差を藤尾めがけて放った。

「おう」

奪い合っていた木槌の柄を捨てて、藤尾が脇差を受け取った。

「はあぁ」

巌海坊が大きく嘆息した。

「戦っている最中に、得物《えもの》の交換などさせると思うのか」

摑んでいた柄を握りなおし、そのまま巌海坊が振った。

「うわっ」

脇差に注意を向けていた藤尾は、不意打ちを喰らった形になった。藤尾は避けきれず、右肩をしたたかに打たれた。

「あうっ」

呻《うめ》いて藤尾が摑んだ脇差を落とした。

「鍔《つば》迫《ぜ》り合いの最中に、よそ見するからじゃ」

鼻先で笑いながら、巌海坊が体勢を崩した藤尾の腹を蹴り飛ばした。

「ぐえええぇ」

胃液を吐きながら、藤尾が吹き飛んだ。

脇差を藤尾に投げた若い黒鍬者もあっさりと賢治郎の太刀を首筋に撃ちこまれて、昏倒した。

「先の先こそと教えたばかりであろう」

脇差を投げさせたことに、巌海坊が文句を付けた。

「武士は主君のためにあると、言われておられました」

賢治郎が反論した。

「主君……愚僧は主君ではないと」

「さようでございまする。武士は主君のために死する者。そのために危なきには近寄らぬが肝要でございましょう。ここで先の先を守って突っこむより、脇差を味方に渡さねばならぬと集中したところを狙うほうが、危なげございますまい。さらに言わせてもらえば、脇差を受け取る方にも無理を生じさせられまする」

唖然とする巌海坊に、賢治郎が応じた。

「ふふふふ。畏れ入ったわ」

巌海坊が笑った。

「たしかに、脇差を投げる隙《すき》、受け取る隙、どちらも大きな利であるな」

苦笑しながら厳海坊が納得した。

「殺してはおらぬな」

厳海坊が表情を引き締めた。

「ご本尊さまの前で殺生など、とんでもないことでございまする」

賢治郎は強く首を振った。

「ならばよろしかろう。さて、どうしてくれようか」

「正体は知れました。この格好は黒鍬者でございまする」

首をひねる厳海坊に、賢治郎は若い黒鍬者を指さした。

「黒鍬者とは、珍しいな。そなた、黒鍬者ともめていたのか」

「後ろにとあるお方がおられまする」

まさか、家綱の弟綱吉《つなよし》の名前を出すわけにはいかなかった。

「とあるお方……上様を狙う連中か。やれやれ。権というのは、これだから面倒なのだ」

天を仰いだ厳海坊が困った顔をした。

「こやつらをどうする。他人の命を狙った輩を、このまま放り出すわけにもいかぬしの」

「かといって寺域で殺すわけにもいきませぬ」

「寺域……そうじゃ。ここは寺であったわ」

賢治郎がふと口にした言葉に巌海坊が手を打った。

「寺から罪人を追放する形を取るぞ」

「罪人の追放でございますか。いかがなさるので」

賢治郎はわからぬと訊いた。

「破戒をなした僧侶を、寺ではふんどし一つにして、口に生臭ものの鰯《いわし》をくわえさせ、山門から蹴り出すのだ」

「それはまた……」

厳しい仕打ちには違いなかった。僧侶は寺に属しているから生きていける。たしかに修行などで山に籠もることもあるが、基本の衣食住は寺にいる限り最低とはいえ満たされる。

だが、袈裟《けさ》を奪われ、生臭を口に突っこまれて放り出されてしまえば、僧侶ではなくなるのだ。そんな坊主をどこの寺も受け入れてくれるはずなどない。それこそ、のたれ死んでも不思議ではなかった。

「なに優しかろう。こやつらには帰るところがあるのだ。多少恥は掻《か》くだろうがな」

笑いながら、巌海坊が落ちている脇差を抜いた。

「なにを……」

生かして外に出すと言った尻から、刃物を倒れている黒鍬者に近づける。巌海坊の行動に、賢治郎は目を剝いた。

「僧侶の罰と申したであろう。まずは、二人を得度してやろうと思っての」

左手で拝みながら、巌海坊が黒鍬者の頭を剃った。

「久しぶりすぎて、失敗したかの。そういえば、そなた月代御髪であったな。そなたにさせればよかった」

気を失っているお陰で文句は出ていないが、二人の頭には無数の切り傷ができていた。

「ご冗談を。上様の御髪を調《ととの》える手で、このような無頼の頭などに触れられるわけなどございませぬ」

賢治郎が拒んだ。

「それもそうじゃの。ところで、手伝え。丸裸にするぞ。ふんどしも取ってしまえ」

情け容赦なく巌海坊が命じた。

身ぐるみを剝《は》がされ、頭を丸められた二人の黒鍬者が、善養寺から外へ放り出された。

「水をかけてくれよう」

首筋とみぞおちを激しく打たれて完全に落ちている二人に、巌海坊が桶の水を頭から被《かぶ》せた。

「わあああ」

「ひゃううう」

冷水を浴びせられた二人が飛び起きた。

「な、なにが」

「どういうことだ」

意識を取り戻した二人が、取り乱した。

「命があるだけ冥加《みょうが》だと思え」

冷たく巌海坊が告げた。

「ぼ、坊主。きさま」

藤尾が怒った。

「坊主……おぬしもな」

巌海坊が嘲笑《ちょうしょう》を浮かべた。

「……えっ」

「寒くないか、頭が」

呆然《ぼうぜん》とする二人を巌海坊が指さした。

「……あっ」

「なんだこれは」

頭に触れた二人が驚愕した。

「得度させてやった。御仏に近くなれたのだ。ありがたく思え」

巌海坊が言った。

「なにを……」

激発した藤尾が、立ちあがって巌海坊に殴りかかろうとした。

「馬鹿が。勝てなかったとわかっておるはずだ」

遠慮なく巌海坊が、藤尾を殴り飛ばした。

「ひっ」

容赦ない一撃が仲間に浴びせられるのを見た、若い黒鍬者が悲鳴をあげた。

「命を助けてやったのだ。感謝せい。さっさと去れ」

巌海坊が手を振った。

「……覚えていろ」

殴られた顔を押さえながら、まだ藤尾が捨て台詞《ぜりふ》を吐いた。

「覚えていていいのだな」

巌海坊が笑った。

「……なんだ」

藤尾が怪訝な顔をした。

「そなたたちは素裸じゃ。つまり、身ぐるみ剝がされている。さて、その身につけていたものはどうなった。とくに、法被《はっぴ》は」

「あっ……」

「わあ」

二人の顔色が変わった。

黒鍬者は、幕府における中間である。諸藩の中間とは比べものにならない権を擁してはいるが、身分は小者でしかない。小者は羽織を身につけられない決まりである。その代わり、黒鍬者は組の名前が入った法被を支給された。この法被が、諸大名の行列を差配するときの身分証明となる。それを二人は奪われていた。

「返せ」

藤尾が迫った。

「手元にないな」

「どこへやった」

泣くような声で藤尾が問うた。

「寛永寺の別当さまにお預けした」

「ひっ……」

巌海坊の言葉に、藤尾が悲鳴をあげた。

寛永寺の別当とは、住職である門跡に代わって、所用を差配する僧侶のことだ。別当寺院寒松寺の住職を兼ね、幕府がおこなう法事の一切を取り仕切った。その関係で、老中たちとも親しく話をすることもできた。

その別当に黒鍬者の法被が渡った。

「次に何かあれば、その法被が御老中さまに届く」

「それは……」

宣言された藤尾が蒼白《そうはく》になった。

「急いだほうがいいぞ。ここは寛永寺の門前だ。素裸の坊主頭は、破戒僧の証。いつ寺社奉行に報告するやつがでないとも限らぬしの」

さらなる脅しを巌海坊がかけた。

「う……行くぞ」

「お、お待ちを」

二人が逃げ出した。

「ふん。別当さまに法被を預けられるわけなどなかろうに。悪事をはたらく者は、恐れを抱《いだ》きすぎる。正々堂々としていれば、やってみろと言い返せるのだがな」

巌海坊が鼻先で笑った。

「薬が黒鍬のさらに上まで効けばよいがの。よほどの馬鹿でなければ、気づくだろう。その危うさにな」

「はい」

じっと黙って聞いていた賢治郎も同意した。

黒鍬者の組屋敷へ逃げ帰った二人の姿、その語った内容はすぐに館林藩家老牧野成《なり》貞《さだ》のもとへと報された。

「寛永寺別当さま……面倒な相手を」

牧野成貞が苦い顔をした。

「役に立たぬどころか、殿の足を引っ張ってくれたものよ」

子供のいない家綱の跡取りとして館林藩主綱吉を押しこみたいとの思いは牧野成貞にもあった。新見備中守と同様家光の四男綱吉につけられた牧野成貞は直参ではなくなってしまった。このまま代を重ねてしまえば、牧野家は直参から陪臣へと身分が固定してしまう。

「しかし、黒鍬の仕業《しわざ》を幕閣に知られるのはまずい。どう取り繕《つくろ》っても、黒鍬を操っているのは館林だ」

綱吉の愛妾が黒鍬者の娘なのだ。ごまかしようはなかった。

「いかに弁を尽くしても……甲府が見逃すまい。ここぞと攻撃してこよう。館林が咎められて将軍継嗣から外れれば、残るは甲府だけになる」

牧野成貞が憎々しげに頰をゆがめた。

「使えぬ者を道具とした儂《わし》の失策じゃな。ほとぼりが冷めるまでは、おとなしくしておくか。幸い、綱吉さまは五代将軍の座より、女と学問に夢中であるしの」

学問好きで女に見向きもしなかった綱吉も、側室お伝《でん》の方の美貌に溺れている。牧野成貞は、小さく嘆息した。

第二章　別家の代償

一

　旗本の別家は、別段公布されるものではなかった。

　いつものように、善養寺から登城し、月代御髪としての役目を果たした賢治郎は、御座の間を出たところで、小納戸組頭に呼び止められた。

「深室」

「なんでございましょう」

　小納戸として配下にはあるが家綱直属の賢治郎とは、ほとんど挨拶ていどしか交わしたことがなかった。

「阿部豊後守さまより、お呼び出しが来ておる。付いて参れ」

組頭が先導した。

御座の間から、中奥の庭を巡るように進み、雁《かり》の間の奥を左に曲がった廊下の突きあたりで組頭が足を止めた。

「ここは、右筆部屋縁側」

賢治郎は驚いた。

右筆部屋縁側は、老中とさしたる身分ではない役人が、応対する場所である。勘定奉行、大目付などの重役が、黒書院溜という部屋を使えるのに比して、小納戸や遠国《おんごく》奉行などは、他人目《ひとめ》どころか、人通りさえある右筆部屋縁側で老中からの用を受けた。

「ここで控えろ」

手で指示された賢治郎は、縁側へ座った。

「…………」

それを見てから、組頭が賢治郎の少し前に腰を下ろした。

呼び出したとはいえ、老中は多忙である。確実に待たされる。小半刻（約三十分）もしないうちに組頭が、沈黙を破った。

「……深室」

組頭が首をねじって、賢治郎を見た。

「なにか」

「心当たりはあるか」

目を合わせた賢治郎に、組頭が問うた。

午前中の呼び出しは、出世、加増などの慶事、午後からの呼び出しは、謹慎、減封などの凶事という暗黙の決まりが、幕府にはあった。

ただ、それが賢治郎には当てはまらなかった。

将軍の月代御髪を調える賢治郎の役目は、それこそ明け六つ（午前六時ごろ）過ぎには終わってしまう。一応、周囲に気遣って昼までは下部屋で待機しているとはいえ、規則ではない。家綱との話次第では、早々に下城してしまうこともある。

そう、賢治郎は午前中でなければ、城内でつかまえられないのだ。となれば、午前中の呼び出しだからといって、慶事とは限らない。

そして、形だけとはいえ、直属の上司である組頭には、配下の功罪に責任がある。有能な部下を輩出したとなれば、己も認められて出世していく。小納戸組頭から小姓組頭へと栄転した例もある。

逆に、配下が咎を受けた場合、監督責任を問われることも多かった。慎みていどで終わればいいが、役目を取りあげられたり、酷《ひど》ければ改易の憂き目に遭う。

組頭が気にしたのも当然であった。

「あいにく」

賢治郎は首を振った。

阿部豊後守とは、交流もある。慶事、凶事にかかわらず、前もって教えてくれるくらいのつきあいはしている。それがなかったとなれば、なにがどうなるか、まったく賢治郎には予想もできなかった。

「そうか」

不満そうな顔で、組頭が姿勢をもとに戻した。

「ごめん」

「………」

縁側は、右筆部屋への通り道である。待つ間に何人もの役人たちが、二人の横を過ぎていった。皆、一様に興味深げな眼差《まなざ》しで二人を見ていった。

「待たせた」

さらに小半刻が経《た》ったところで、ようやく阿部豊後守が姿を見せた。

「お召しに応じ……」

組頭が決まった口上で出迎えようとした。

「ああ、よい。開けよ」

片手で遮った阿部豊後守が、右筆部屋の前に控えているお城坊主へと命じた。

「はい」

お城坊主が襖《ふすま》を開けた。

「おい」

「ただちに」

阿部豊後守の一言で、なかから右筆が一人出てきた。

「控えよ。上意である」

阿部豊後守が、立ったままで二人に命じた。

「ははっ」

「…………」

組頭と賢治郎が両手をついて、傾聴の姿勢を取った。

「小納戸深室賢治郎、格別の思《おぼ》し召しをもって、別家を許される」

阿部豊後守が宣した。

「別家……」

賢治郎は一瞬、動けなくなった。

「聞こえなかったのか」

「深室」

例に従って、平伏し感謝の言葉を口にしなければならない。それをしない賢治郎を阿部豊後守と組頭が咎めた。

「あっ、かたじけなく存じまする」

あわてて、賢治郎は平伏した。

「うむ。めでたいの」

「おめでたいことでございまする」

阿部豊後守と組頭が祝いを口にした。

「委細は、右筆から聞け」

そう言って阿部豊後守が歩き出した。

「そうじゃ、賢治郎」

横を通りかけたところで、阿部豊後守が足を止めた。

「今夜、屋敷まで来い。祝いをしてやる」

返事も聞かず、阿部豊後守が去っていった。

「豊後守さまが、祝いを……」

隣で聞いていた組頭が目を剝いていた。老中が小納戸を屋敷に招く。天と地ほどの身分差があり、あり得る話ではない。組頭が呆然とするのも無理はなかった。

「深室氏」

そのすべてを無視して、右筆が賢治郎を呼んだ。

「詳細はここの書付にも記してござるが、一応お聞きなされよ」

「はっ」

賢治郎は右筆へ顔を向けた。

「深室賢治郎に三百石を給する。知行地は目録にある相模《さがみ》の国の三村内とし、屋敷は下富坂町に与えられる」

下富坂町は、御三家水戸《みと》徳川の上屋敷の裏手になる。江戸城まではかなりあった。重職や歴史の古い家柄から、屋敷は割り振られる。三百石ていどで別家という新規召し出しの賢治郎の屋敷が遠いのは当然であった。

「知行台帳は勘定方で、屋敷請け状は普請奉行にて受け取れ」

右筆の説明が終わった。

「ありがたくお受けいたしまする」

賢治郎は礼を述べた。

「では、これを」

説明したことを記された奉書紙を、右筆が賢治郎に渡した。これで、賢治郎の別家はなった。

「おめでとうござる。ますます働かれよ」

言い残して、右筆が部屋へと消えた。

華々しい手柄を立てての別家ではない。淡々と行事はこなされた。

「深室」

ようやく落ち着いた組頭が、賢治郎へ声をかけた。

「別家はめでたいことであるが……」

組頭の表情が険しくなった。

「上様のご温情をはきちがえて、図に乗るなよ」

「心いたしまする」

釘を刺す組頭へ、賢治郎は真剣な顔でうなずいた。

これが分家ならば、まださほどのことではなかった。分家は深室家の家禄を分割して賢治郎に与えるもので、徳川が払う俸禄に変化はない。対して、別家は本家の禄には手を付けず、新たに知行を支給する。新規召し抱えと同じ扱いであった。

新規召し抱えは、浪人を仕官させることだ。当たり前だが、それに見合う功績をもっていなければならない。千石与えるならば、戦場で大将首を一つ獲ったなど、天下に知れるだけの手柄が要った。

だが、賢治郎に目立つ功績はない。これが、勤務精励につきという形で、深室の家禄へ加増されるならば、まあることで、目くじらを立てるほどのものではなかった。

しかし、今回は賢治郎に誰もが認める功績はなく、別家が認められた。三百石とそれほど高禄ではないとはいえ、その影響は大きい。

「三百石か。小納戸は五百石の役目である。二百石足されるのだ。見合うだけの働きをいたせよ」

厳しく告げて組頭が去っていった。

幕府の役目には役高というものが決められていた。町奉行ならば三千石、目付ならば千石と、その役を担うのにふさわしい格といったものである。ただ、これを厳守してしまうと、その役目にふさわしい能力を持った者でも石が足りなければ就任できなくなってしまう。そこで役高に満たない者が、その役を命じられたとき、不足する分を足してやるのである。そう、三百石の賢治郎が小納戸になるとき、二百石が加増されるのだ。つまり、別家三百石は多すぎるという批判をかわすだけのもので、実質は五百石であった。

「五百石……」

一人残された賢治郎は、確認するように呟いた。

実家である松平の三千石、先日まで養家であった深室が六百石である。松平には遠く、深室にはわずかに及ばぬが、これはまちがいなく賢治郎の禄であった。

「ああ」

賢治郎は感極まった。

実家では兄の厄介者であり、養家でも婿らしい扱いは受けていなかった。どちらも賢治郎の居場所ではなかった。それこそ、飯のお代わり、茶の一杯もらうのさえ遠慮していたのだ。

「吾が家門ができた」

誰に気遣いしなくてもよい屋敷を、居場所を賢治郎は得た。いや、与えられた。

「上様……」

御座の間の方角へ身体を向けた賢治郎は、その場で平伏した。

「終生の忠義を」

賢治郎は涙を流しながら、誓いを立てた。

二

城中に噂が拡がるのは早い。

「小納戸の深室が、別家した」

昼過ぎには、すみずみまで噂は浸透していた。

「おめでとうござる」

「なにがでござろうや」

城中柳の間に伺候した松平主馬は、同僚の寄合旗本から言われて戸惑った。

「ご存じないか」

声を掛けた寄合旗本が、柳の間を見渡した。

柳の間は、数万石ていどの大名、高家、寄合の詰め所であった。もっとも寄合といっても、七千石、九千石などで、わずかに大名に届かなかった者であり、本来三千石の松平主馬は、ここに座はない。

一層の出世を遂げ、大名になりたい松平主馬は、座がないにもかかわらず、知人を訪ねるといった体《てい》で、柳の間に入り浸っていた。

「ご貴殿の弟御よ」

「弟……賢治郎でござるか」

露骨に松平主馬が眉《まゆ》をひそめた。

「賢治郎めがなにをしでかしました」

嫌悪の顔で松平主馬が問うた。

「阿部豊後守さまご名代で、上様より新規で禄をたまわったというぞ。知らなかったのか」

話をしていた寄合旗本が怪訝《けげん》な顔をした。

「新規……まことに」

「城内は、その噂で持ちきりぞ」

確認した松平主馬に、寄合旗本が告げた。

「失礼いたす」

松平主馬が柳の間を出た。

「なんということだ、賢治郎が別家など」

入り側の隅へ移動した松平主馬が吐き捨てた。

「うまく上様に取り入りおって。それにしても深室の使えなさよ」

松平主馬が憤慨した。

深室作右衛門には、賢治郎を使い潰すように命じ、その代償として格上になる留守居番へ推挙した。しかし、作右衛門では四代将軍家綱の寵愛《ちょうあい》を背にした賢治郎を潰せなかった。結局、松平主馬は、作右衛門を罵《ののし》ったうえで縁を切った。

「せめて深室の傷に巻きこめば……」

妾腹の弟をかわいがった実父への反発と、お花畑番として将来を約束された賢治郎への嫉妬が、松平主馬を狂わせていた。

「せっかく、義絶の届けまでだしたというに」

賢治郎が罪を受けたとき連座しないようにと、松平主馬は正式な絶縁を幕府へ届けていた。

「深室の罪が決まる前に、賢治郎が別家した。阿部豊後守さまの名前が出ていたことから考えても、これが賢治郎を救うためのものであるのは、明白だ」

一人廊下の隅に佇《たたず》みながら、松平主馬が起死回生の一手を探した。

「お断りはできぬか」

本家には一族の別家を遠慮する権利があった。しかし、絶縁してしまえば、一族ではなくなる。赤の他人がどうなろうが、口出しはできない。松平主馬は己で、弟を掣《せい》肘《ちゅう》する力を捨ててしまっていた。

「どうしてくれよう……」

「そんなところでなにを……主馬どのではないか」

入り側とはいえ、背を向けて独り言を呟いていては、不審がられる。

「……これは備中守《びっちゅうのかみ》さま」

声をかけられた松平主馬が振り向いた。

「どうしてここに……ああ、お奏者番《そうしゃばん》の詰め所である芙蓉《ふよう》の間は」

「さよう。大広間で御用をすませ、詰め所へ戻るには、柳の間の前を通るのが便利でござるでな」

納得した松平主馬に、堀田《ほった》備中守が首肯した。

「で、いかがなされた。お顔の色が悪うございますぞ」

堀田備中守が松平主馬を覗きこんだ。

「大事ございませぬ」

あわてて松平主馬が首を横に振った。

「それならば、よろしゅうございますが……ところでおめでとうござる」

話を堀田備中守が切り替えた。

「弟のことでございますか……」

「あまり喜んではおられぬようでございますが、なにかございましたかの」

苦い顔をしている松平主馬へ、堀田備中守が首をかしげた。

「いえ。別段……」

口に出せることではない。松平主馬が拒んだ。

「ここではあれか……手間は取らせませぬ。こちらへ」

あたりを見た堀田備中守が、松平主馬を誘った。

天下の江戸城である。座敷の数も無数にある。人のいない場所も多い。堀田備中守が、少し離れた小座敷の襖を開けた。

「主馬どのよ。なにかあるならば、遠慮なくお話しくだされや」

小座敷に入った堀田備中守が、もう一度問うた。

「……………」

「二人の仲ではございませぬか。少々厳しいことも申しましたが、わたくしは貴殿を買っているのでござる。貴殿は寄合で終わる御仁ではないと」

堀田備中守が松平主馬を持ちあげた。

もともと松平主馬が、堀田備中守を頼った形でつきあいができた。堀田備中守も将軍の懐刀の兄という価値を認め、いろいろと使っていた。しかし、松平主馬の打つ手がすべて裏目に出たため、先日つきあいを考え直すと突き放した。その舌の根も乾かぬうちに、堀田備中守が松平主馬を持ちあげた。

「備中守さま」

憎むべき弟の出世で頭に血が上った松平主馬が、堀田備中守にすがるような目を向けた。

「…………」

無言で堀田備中守がうなずいた。

「じつは……」

松平主馬が、賢治郎を義絶した件を口にした。

「……ふむう。お話を伺ったぶんでは、義絶もやむなしでございましょう。いかに他家へ養子に出たとはいえ、本家を敬わぬのは言語道断」

堀田備中守が、大いに松平主馬に賛同した。

「おおっ。備中守さまもそう思ってくださいますか」

松平主馬が喜んだ。

「もちろんでござる。しかし、お話を聞いた感じでは、あらたな別家を許された深室賢治郎というのは、ろくでもない男のようでございますな。そのような者が、上様のご寵愛を盾に、自儘《じまま》なまねをしている。これはよろしくございませぬ」

堀田備中守が額にしわをよせた。

「仰せのとおりでございまする。このままでは、賢治郎めはさらなる出世をいたしましょう。そしていずれは、政にも手を出すに違いありませぬ」

尻馬に松平主馬がのった。

「それは上様のおためにもならぬな」

「はい」

「本家として、貴殿がご注意なされればよかったが……絶縁したとあっては」

絶縁で松平主馬と賢治郎は赤の他人となった。他人が意見をする。これは無礼どころの騒ぎではなかった。

「浅慮でございました」

松平主馬が小さくなった。

「深室はどうなったのだろう」

呟くように堀田備中守が言った。

「留守居番の深室でございますか」

「いかにも。暴漢に襲われたことで目付の取り調べを受けておるはずだ」

将軍に目通りを願う者の取次をする奏者番は、大名、旗本の動静に詳しくないと務まらない。堀田備中守は、深室作右衛門の事情をあていど把握していた。

「目付の調べは甘くございませぬ。いずれ深室は罪を認めましょう」

迎合するように松平主馬が口にした。

「それを見こしての絶縁だったと」

「……………」

松平主馬が黙った。

「と同時に、別家もそうであろうな。しかし、貴殿から聞いたところでは、そういうところに気が回るとは思えませぬが」

「阿部豊後守さまの知遇を得ておりまする」

憎々しげに松平主馬が告げた。

「ああ。弟御は、上様のお花畑番をしていたのでございましたな。ならば、傅育であった阿部豊後守どのと面識があるか……」

小さく堀田備中守が、唸《うな》った。

「主馬どのよ」

「なにか」

松平主馬が姿勢を正した。

「弟御は、深室作右衛門の娘と婚姻するはずでござったな」

「はい。ですが、まだ婚姻しておらぬはずでございまする。作右衛門は適当なところで賢治郎を切り捨て、よりよい相手を探しておりました」

手を組んでいたときに知った事情を、松平主馬が語った。

「なるほど。それが使えるか」

「どういう意味でございましょう」

独り言のような堀田備中守の言葉に、松平主馬が怪訝な顔をした。

「主馬どの。少し格は落ちますがの、大坂町奉行などはいかがでござるか」

問いかけとは違った答えを堀田備中守がした。

大坂町奉行は、役高千五百石の役目である。大坂の治安を維持するのが任で、役料六百石が与えられた。三千石の松平にしてみれば格下ではあるが、大坂町奉行を経て、勘定奉行、江戸町奉行などに累進していくこともある。無役が世に出るための初役としてはかなりのものであった。

「ご推薦いただけるのでございますか」

松平主馬が身を乗り出した。

「もちろんでござる。奏者番は、上様に大名や旗本たちをご紹介申しあげるのが役目。有為の人材を見過ごしていては、役目に恥じましょう」

堀田備中守が断言した。

「かたじけのうございまする。このご恩には、かならず報いまする」

まだ決まったわけでもないのに、松平主馬が礼を述べた。

「わたくしへの恩はお感じくださるな。ただ、上様だけへ、上様のためだけにお働きくだされよ」

「なんと。これほどの忠義をお持ちのお方を見たことなどございませぬ」

松平主馬が感激した。

「上様のために、いたさねばならぬことはおわかりでございましょう」

「深室賢治郎の排除でございますな」

堀田備中守の誘導に松平主馬がのった。

「かといって直接襲ったところで、排除されてしまいまする」

経験ずみだと松平主馬が首を左右に振った。

「手を縛ればよろしい」

「……手を縛る」

怪訝な顔を松平主馬がした。

「さよう。刀はあっても使わせねばよろしい。深室賢治郎の弱みをつく。深室作右衛門の娘を……」

「なるほど。賢治郎を呼び出して討つ。地の利、時の利ともにこちらにある。罠《わな》を仕掛ければ、いかに剣術が遣えようとも勝負にならぬ」

「手の者をお持ちか」

「それがあいにく……世慣れた用人が辞めたところで」

代々の家臣で世事に長《た》けていた用人を、松平主馬は失ったばかりであった。

「用人が……ちょうどよい男がおりまする。いかがでござろうか。この者を使ってみられては。今回のことがうまくいけば、お抱えくださるということで」

堀田備中守が提案した。

「そのような男がおりまするので」

「奏者番ともなりますと、いろいろつきあいができましてな。貴殿もこれから経験なさりましょうが、役目を果たすには、多少闇を受け入れねばなりませぬ」

「闇……」

松平主馬が怯《おび》えた顔をした。

「ご貴殿も知らぬはずはございますまい。いろいろと弟御にされていたようでござるしの」

わざとらしいまねをするなと、暗に堀田備中守が不快を表した。

「申しわけなし」

松平主馬が謝罪を口にした。

「まあ、直接ご貴殿が闇と触れあっておられたとは思っておりませぬ。その辞めた用人が担当していたのでございましょう」

「さようでございまする」

許すと言った堀田備中守に、松平主馬がほっとした。

「その後釜にちょうどよい男でござるぞ。武士ではないが、なかなかに頭が回る」

「武士ではない……」

松平主馬が引っかかった。

「江戸の闇の一角を担う男でござる。ただまあ、いろいろあって町方とな」

詳しく言わず、堀田備中守が止めた。

「……わかりましてございまする」

それ以上松平主馬は訊かなかった。

「では、今日中にでもさせましょう。駒形《こまがた》の威兵衛《いひょうえ》という者が、訪ねていきましょうほどに」

「なにもかもありがとうございまする」

松平主馬が礼を述べた。

「今度は貴殿が大坂町奉行になられた祝宴でお目にかかりましょう」

「お心遣い感謝いたしまする」

二人とも具体的にどうするとは口にせず、顔を見合わせた。

「ではの」

「失礼をいたしまする」

急ぎ手を打つために松平主馬が離れていった。

「捨てるはずの塵芥だったが、使いようはあるな」

堀田備中守が、にやりと笑った。

三

深室作右衛門は、目付の取り調べによく耐えていた。盗賊の仕業を確かめるだけの経験を目付は持っていなかった。当たり前である。目付の仕事は旗本の非違監察で、盗賊の捕縛ではない。盗賊にかんしての専門は町奉行所である。だからといって、町方に旗本の屋敷を調べさせるわけにはいかなかった。管轄が違うのだ。そこで、煩雑ではあるが、目付が盗賊について町奉行へ協力を求めるための手続きをおこなうことになる。それには、どうしても手間がかかった。

だからといって、作右衛門を放置しておくわけにもいかない。町奉行所から証拠が出てきては、手柄の半分を持っていかれてしまう。かといって、盗賊の話は評定所で出ただけに、書役の記録に残っている。無視してなにかあったら、今度は己が目付の詮議を受けることになる。こういった場合、町奉行の調べの結果が出る前に、作右衛門の自白を取るのが最善であった。

「まだ認めぬか」

「知らぬものは知らぬとしか申せませぬ」

目付豊島の怒声にも、作右衛門は動じなかった。

「今ならば、まだ救えるぞ。これ以上強情を張ったうえで、証拠が見つかれば、深室は潰れる。いや、潰す」

旗本の一つや二つ、目付の手にかかれば簡単に潰せる。

「もめるような覚えはございませぬ。あれは主家の断絶で浪人となった者たちが、金欲しさにおこしたものでござる」

作右衛門はあくまでも盗賊だと主張した。

事実であった。山本兵庫の遺臣たちともめたのも、黒鍬者と争ったのも、すべて賢治郎であり、作右衛門は何一つ知らされていない。また、壺を持ち去ろうとしたのを、作右衛門は見ている。真実の重みがそこにはあった。

「強情なやつめ」

豊島が憎々しげに作右衛門を睨んだ。

「お目付さま」

勘定所から出向している書役が、口を挟んだ。

「なんだ」

「そろそろ刻限でございまする」

「もうか。いたしかたなし」

豊島が残念そうな顔で、うなずいた。

町奉行所の取り調べではない。旗本を呼び出しての事情聴取なのだ。徹夜や拷問は認められていなかった。

時間も評定所の執務が終わる暮れ七つ（午後四時ごろ）が、限界であった。

「明日も五つ（午前八時ごろ）に参れ」

朝から取り調べると宣言して、豊島と田尾が去っていった。

「お疲れさまでございまする」

残された作右衛門に、書役が声をかけた。

「いや……」

作右衛門はどうとも取れる返答をした。

「お目付衆のお取り調べに、抵抗なされているのはさすがと感心いたしますが、落としどころをお考えになられるべきだと存じまする」

書役が助言をしてきた。

「落としどころ……」

「さようでございまする。お目付衆に目を付けられてしまったのでございまする。決して無罪放免はございませぬ」

「なんだと」

作右衛門が驚いた。

勘定方から評定所の雑務をこなすために派遣されている書役は御家人である。しかし、実務に慣れた者が多く、世知にも長けていた。

「もし、深室さまを罪にできなければ、誤認となり、お目付さまの失点となります る」

「むう」

言われて作右衛門は唸るしかなかった。作右衛門も留守居番という役人である。役人にとって、大事なのは手柄を立てることではなく、失態をおかさないことだと身にしみて知っている。

「無理でもお目付さまは、深室さまを咎めましょう。玄関を侵された相手を逃がした。これだけで十分いけまする」

書役の言葉は正しい。路上で斬死したとき、手に太刀があれば家は残る。これと同じなのだ。襲撃されても、撃退して相手を討ち取っておけば、多少の被害が出ても、武門の名誉として、不問に付される。どころか、腕が立つとして出世するときもある。

対して、逃がしたとなれば、一方的な敗退と取られかねないのだ。さすがに手に太刀なく、路傍《ろぼう》に死体を晒すほど酷くはないとはいえ、武芸未熟としての咎めはあった。

「おわかりいただけましたかと存じまする。では、わたくしもこれで」

言うべきは言ったと書役が、筆と硯《すずり》を抱えて下がっていった。

「無傷ではすまぬか」

評定所を出た作右衛門は、屋敷へ向かいながら悩んだ。

「どう落とす。役目を退くだけですませられぬか」

役を辞すのは、一つの責任の取りかたであった。とくに作右衛門は江戸城から将軍が出かけたときの警固を担う留守居番である。武を売りものにする番方だけに、玄関を傷つけられて、そのままというわけにはいかなかった。

「自ら辞することで、傷を最小にしたい」

松平主馬から賢治郎という厄介者を引き受けて、なんとか手にした留守居番であるが、家に替えることはできなかった。

「あとは、家禄をどこまで削られるかだが……目付に付け届けは効かぬどころか、逆効果だ」

目付は清廉潔白を旨としている。親兄弟でも手加減しない公平さが、目付の権威でもある。もし、賄賂を受け取って、手心を加えたとなれば、目付の評判は地に落ちる。

「むう」

思案をまとめられぬままに、作右衛門は屋敷に着いた。

「お帰りでござる」

表門からの出入りはできない。作右衛門は供させていた中間に勝手口を開けさせ、屋敷へ入った。

「どうした、誰も出迎えぬのか」

台所口から作右衛門が声を発したが、誰も出てこなかった。

作右衛門が閉門を命じられて、家士のほとんどが去っていった。未来のない家に勤めていてもと辞めたのだ。働いても、潰れれば給金さえもらえない。渡りと呼ばれる節季ごとに雇い直しをする奉公人は、とくにはっきりしていた。

「おい」

「はい」

供していた中間が緊張した顔で、屋敷のなかへ入っていった。

「……殿さま」

すぐに中間が紙のような顔色で、戻ってきた。

「どうした」

「奥さまが、奥さまが……」

中間が奥を指さした。

「なんだと」

作右衛門が土足のまま、駆けあがった。

「おい、大丈夫か」

奥の部屋で、作右衛門の妻多枝《たえ》が倒れていた。

「……あ、旦那さま……三弥、三弥が」

多枝が弱い声を出した。

「三弥はどこだ」

「さらわれましてござい……」

「誰にだ」

「あれを……」

作右衛門の問いに指を伸ばした多枝が意識を失った。

「書付か」

そっと多枝を横たえた作右衛門が、書付を開いた。

「……なんということだ」

読み終わった作右衛門が身体を震わせた。

「殿さま、いかがいたしましょう」

「医者を呼んで参れ」

顔を出した中間に、作右衛門は多枝のための医者だけを求めた。

「決して、このことを口外するな」

「へ、へい」

念を押された中間が、跳ねるようにして走っていった。

「三弥を返して欲しくば、罪を認めよ……おのれ」

作右衛門が書付を握りつぶした。


阿部豊後守の下城から一刻（約二時間）待って、賢治郎は小納戸の下部屋を出た。

老中の下城は、昼の八つ（午後二時ごろ）と決まっている。これは老中が遅くまで残っていると、他の役人が帰れないからである。と同時に、城中では話ができない相手との会談を屋敷でおこなう意味もあった。

幕府を左右する執政ともなれば、すり寄ってくる者、ものごとを頼む者、密談を求める者と来客にはことかかない。

幕臣ならば誰でも知っている。応対と呼ばれる刻限に訪れるのは、いかに招かれているとはいえ、邪魔であった。

賢治郎はいつも昼前に出る下部屋で頃合いまでときを潰した。

家綱の傅育でもあった阿部豊後守は老中でも格別な扱いを受ける。上屋敷も大手門を出てすぐの廓内に与えられていた。

「まだだったか」

阿部豊後守の屋敷前には、面会を求める者の行列があった。

「かといって、これ以上遅くは失礼になる」

夕餉への誘いである。余り遅いと嫌がっているととられかねない。

「いたしかたない」

小さく息を吐いた賢治郎は、阿部豊後守の屋敷へと近づいた。

「小納戸深室賢治郎でございまする」

屋敷前に立つ門番に、賢治郎は名を告げた。

「伺っておりまする。どうぞ、なかへ。玄関先で別の者がご案内いたしましょうほどに」

門番が賢治郎を通した。

「かたじけなし」

一礼した賢治郎は、阿部豊後守へ面会を求めて並んでいる大名家の家老や旗本を抜かして、玄関へと向かった。

「なに者だ」

「順番を飛ばすほどの者なのか」

「御免……」

不審と不満の声に、賢治郎は軽く頭をさげてさっさと通過した。

「深室さま。ご無沙汰をいたしております。どうぞ」

玄関では顔見知りの用人が出迎えてくれた。

「お世話になりまする」

そう応じて、賢治郎は屋敷へ上がった。

老中の上屋敷は、公邸としての機能を主眼としている。一門や一族は、中屋敷や下屋敷に置き、上屋敷には正室と寵愛の側室を数人おくだけというのが慣例であった。これは、政務を上屋敷で集中してこなすためと、来客を迎えるからであった。

「こちらでお待ちを」

賢治郎は客間のなかでも、親しい者に使われる奥の小部屋へと案内された。

「…………」

一度白湯《さゆ》を届けに家臣が来たが、そのまま賢治郎は一刻（約二時間）ほど放置された。

「すまぬ。待たせた。馬鹿がしつこくてな。一度ならぬと言ったにもかかわらず、何度も願ってくる。まったく無駄なことだとなぜ気づかぬか。あのていどが家老をしているようではな」

文句を言いながら阿部豊後守が、自ら襖を開けて入ってきた。

「いいえ。ご多用は承知しております。本日はお招きをいただき、ありがとうございまする」

賢治郎は深く腰を折った。

「別家という慶事だが、儂くらいしか祝う者はおるまい」

「…………」

図星に、賢治郎が沈黙した。

「そう膨れるな。老中が祝ってやるというのだ。有象無象百人の値打ちはあろうが」

阿部豊後守がたしなめた。

大名、いや、御三家でさえ、阿部豊後守から直接祝いの席に招かれることはない。

「はい」

賢治郎はうなずいた。

「膳を出せ。あと、今日の客はすべて断れ」

阿部豊後守が、大声で指示を出した。

「ただちに」

廊下で控えていた家臣が、応じた。

「お待たせをいたしましてございまする」

四人の家臣が膳を一つずつ持ち、阿部豊後守と賢治郎の前に置いた。

一の膳の上には、手のひらほどの大きさながら焼かれた鯛《たい》があった。

「これは……」

「知っていたからの。手配させた。さほど大きなものではなくて悪いが、余っても困ろう。生臭ものを土産《みやげ》にするわけにもいくまい」

阿部豊後守は、賢治郎が善養寺に寄宿していることを知っている。

「かたじけなく」

心遣いに賢治郎は感謝した。

「酒は勝手に呑め。今日は好きなだけ呑ませてくれるぞ」

そう言いながら、阿部豊後守が手酌で片口から盃《さかずき》へと酒を注いだ。

「畏れ入りまする」

賢治郎も酒を盃に注いだ。

「……ようやくだったの」

盃を干した阿部豊後守が肴《さかな》に箸を出しながら述べた。

「…………」

箸を止めて、賢治郎は話を聞こうとした。

「雑談じゃ。気にせず喰え」

阿部豊後守が手を振った。

「はい」

賢治郎は鯛の身を箸でむしって、口に入れた。

「うまい」

「だろう。今朝、河岸《かし》にあがったばかりのものじゃ。半日塩を振ったまま置いたと台所の者が申しておった」

自慢しながら、阿部豊後守は手で鯛を摑み、かぶりついた。

「塩梅《あんばい》もよいな。昔は、皆こうだったのよ。家光さまも鷹狩りの場では、手づかみでいろいろなものを召し上がられた。家光さまは、雉肉《きじにく》がお好みであらせられての、鷹狩りで狩ったばかりのものを、その場で焼いてな。山椒《さんしょう》をかけて……」

懐かしそうに阿部豊後守が目を細めた。

「そのお供を儂や、長四郎《ちょうしろう》や、三四郎《さんしろう》が務めた。あのころはよかった。皆、笑顔であった」

阿部豊後守が賢治郎を見た。長四郎とは、智恵伊豆《いず》と呼ばれた松平《まつだいら》伊豆守信綱《のぶつな》、三四郎とは家光最大の寵臣といわれた大政参与堀田加賀守正盛《かがのかみまさもり》の幼名であった。

「いつからであろうなあ、上様と臣下の距離が遠くなったのは……」

「わかりまする」

嘆く阿部豊後守に、賢治郎は同意した。

かつてお花畑番だった賢治郎である。幼い家綱と一つの夜具にくるまって寝たことも、同じものに箸を付けたこともあった。どころか、とっくみあいの喧嘩《けんか》をした経験まであった。

「そなたであったなあ。上様ととっくみあいをして……で負けて大泣きしたのは」

家綱の傅育を任されていた阿部豊後守も覚えていた。

「あのあと大事だったわ。お世継ぎさまに対し、無礼が過ぎる。幼児といえども許すべからずと、小姓や小納戸が大騒ぎした」

「それは存じませなんだ」

二十年以上も前のことだ、賢治郎はまだ幼児である。顚末《てんまつ》などを知らされていなくて当然であった。

「家光さまが、お救い下さったのだ。いや、上様というべきかの。賢治郎、そなたを離すという話になったとき、上様がな、家光さまに許してやってくれとお願いなされた。賢治郎の罪は、主君たるわたくしのものでございまするとな」

「上様……」

初めて知った家綱の言動に、賢治郎は感激した。

「もっとも家光さまは、もともとお咎めになさらぬおつもりであった。文句をつけた連中にな、武家の統領となる者が、喧嘩一つできずどうするとな。なにより、家綱が勝ったであろうとお笑いであった。さらに、それでもまだ言いつのる連中に、痛烈なお言葉をおかけになった」

「どのようなお言葉でございましょう」

賢治郎は身を乗り出した。

「家臣が主君に喧嘩を挑んではならぬというならば、譜代大名、旗本のほとんどを躬《み》は絶家させねばならぬ。厳しい顔でそう仰せられた」

「ほとんどを絶家……」

すさまじい内容に、賢治郎は驚いた。

「そこで退いておかねばならぬとわからぬ馬鹿が、我らになにか落ち度でもと訊きおってな」

なんともいえない顔を阿部豊後守がした。

「かつて三河で一向一揆があったとき、神君家康公に家臣のほとんどが弓引いた。そう、冷たい声で家光さまが言われた。座が凍るというのが偽りでないと儂は初めて知った。集まっていた連中の顔色が紙よりも白くなったぞ」

小さく阿部豊後守が笑った。

戦国のころ、一向一揆はその来世利益という教えから広く世に受け入れられた。加賀の国などは一向一揆によって支配されるまでになった。死ねば極楽往生できるという考えは、明日をも知れぬ戦いに身を置いていた武士にも受け入れられ、あちこちで一向一揆を弾圧しようとする領主と家臣が争った。

三河にもその波は来た。

今川に人質に取られていた家康を支え、艱難辛苦を乗りこえた天下一の忠義者の集まりとうたわれた三河武士団も割れた。いや、割れたというより、家康に刃向かった。三河一向一揆との戦いは、家康最大の危機といわれた本能寺の変での伊賀越えにまさる徳川家の危機であった。幸い、家康と一向一揆との和解がなり、家臣団ももとにもどったが、生涯家康の心に、宗教への不信を残した。

「家康さまによって、一向一揆は不問とされた。つまり主君の許しをもって、無罪となった。それを家光さまは比喩に使われた。家光さまと家綱さま、賢治郎の主君たるお二人が、よいと言われていることに反対するならば、三河一向一揆に加わった先祖を持つ者を、あらためて咎めなおすと家光さまは宣されたのだからな。いや、あのときの者どもの顔は見物であった」

楽しそうに阿部豊後守が言った。

「畏れ多いことでございまする」

賢治郎は両手をついて、江戸城の方向へ深く頭をさげた。

「ご恩であるな」

「…………」

やさしい声で言った阿部豊後守に、賢治郎は無言で肯定を示した。

「君臣が遠慮なく、向かいあえる。それがいつ終わったのか、いつから、上様は守られるだけの御輿《みこし》になってしまわれたのか」

「豊後守さま」

さすがに家綱を御輿扱いされては聞き逃せない。賢治郎が抗議を口にした。

「言葉のあやじゃ。うるさいぞ」

「……………」

阿部豊後守に叱られて、賢治郎は退いた。

「原因はわかっている。慶安《けいあん》の変、所謂《いわゆる》由井正雪《ゆいしょうせつ》の乱だ」

阿部豊後守が、頬をゆがめた。

「慶安の変は、家光さまがお隠れになった直後に計画された。嫌らしい時期であるが、見事としかいえぬ。幕府を統《す》べる将軍がいなかった隙を狙った。由井正雪は憎むべき謀反者であるが、その才は認めざるをえぬ」

阿部豊後守が述べた。

慶安四年（一六五一）四月二十日、三代将軍家光が死んだ。三代将軍を継ぐ覇気なしとして、二代将軍秀忠《ひでただ》から見限られかけた家光だったが、その治世は武断を中心としたものであった。

家光は、将軍となった元和九年（一六二三）七月二十三日から、死去までの期間に、七十家余の大名、知行高およそ六百万石を潰した。家臣の数を一万石に二百人としても、浪人は十二万人に及ぶ。再仕官できた者、帰農あるいは商人になった者など、幸運な次の人生を得られたのは、このうちの一部でしかない。ほとんどは、なすすべもなく世間に放り出された。

まさに、天下に浪人が溢《あふ》れた。

主家を潰され、家禄を奪われた者にしてみれば、主君の罪などどうでもいいのである。ただ、明日の米を心配しなければならない境遇に落とされたことを恨み、幕府に憎悪を向ける。この浪人たちを、由井正雪は糾合した。

家光が死に、跡を継いだ家綱はまだ十一歳と幼い。さらに、家綱はまだ将軍宣下を受けていない。いわば幕府は、頭を欠いた状態であった。

良くも悪くも、幕府は将軍独裁で動いてきた。初代で神君と崇《あが》められた家康はもとより、二代目の秀忠も三代家光も、直接政を差配した。ささいなことまで口出しはしなかったが、幕府は将軍を中心にまとまっていた。

その将軍がいない。

由井正雪は、これを好機と考え、家綱が将軍に就任する前にことを起こそうとした。

幸い、由井正雪の同志から裏切り者が出たおかげで、手遅れにならなかったとはいえ、大きな問題を残した。

将軍ではなく、執政衆が叛乱《はんらん》鎮圧を指揮したという前例を作ってしまった。

由井正雪の暴挙に直接対応したのは松平伊豆守信綱であった。松平伊豆守のもとへ訴人があったというのもあるが、家光から家綱の補佐を託されていたというのも大きかった。松平伊豆守は、家綱の決済を待つことなく、町奉行を動かし、江戸での騒動を未然に防いだ。

「長四郎のやったことは手柄であった。もし、由井正雪の策が発動していたら、江戸は火の海になったはずじゃ」

由井正雪に賛同したなかには、旗本までいた。小石川煙硝蔵番の河原十郎兵衛は、由井正雪に私淑し、計画当日、煙硝に放火、江戸を火の海にしようとした。その混乱に乗じて、江戸城を乗っ取ろうと由井正雪は考えた。

「江戸を火の海にする計画での火付けだ。風向きなども計算されただろうし、消火活動を阻害もしただろう。なされていれば、振り袖火事の二の舞どころではなかったろうな」

振り袖火事とも呼ばれる明暦の大火は、江戸の城下を壊滅させ、死者十万人を出した大惨事であった。

「それを止めた長四郎は大手柄だ。十万石を与えられてもおかしくはない。だが、前例を作ってしまった。いや、契機を作った。幕府が将軍ではなく、老中の指揮で動くという形をな。ああ、長四郎だけに押しつけてもいかぬな。儂も同罪よ。上様が幼いとして、政から離した」

大きく阿部豊後守が息を吐いた。

「政から遠くなれば、上様の扱いも変わる。上様を我らは徳川という旗にした。そして、旗を奪われないよう、囲いこんだ。その結果が今だ」

「……………」

賢治郎はなにも言えなかった。いや、言うだけの肚も経験もなかった。

「もちろん、今を否定しているわけではない。政は安定している。大名を潰さなくなったおかげで、浪人も増えず、天下に乱れの予兆もない。これを儂は誇る」

阿部豊後守が胸を張った。

「ただ、上様を人ではなく、御輿、旗にしてしまったことだけは悔やまねばならぬ」

辛《つら》そうな顔を阿部豊後守がした。

「わかるか、賢治郎。御輿にされる辛さが」

「いいえ」

賢治郎は首を左右に振った。

「そなたていどではわかるまいな。大名に、いや、数千石を禄したときにわかる。家臣どもから、距離をおかれる孤独。同じ譜代大名たちから、老中として怖《おそ》れられる寂しさ。辛いぞ。出世などしなければよかったと、何度思ったか」

阿部豊後守がしみじみと告げた。

「しかし、それ以上に出世してよかった。家光さまをお助けできた。この自負だけが、儂をこの世につなぎ止めている」

阿部豊後守が、己に言い聞かせるように述べた。

四

「主君をお助けできたという自負……」

賢治郎は阿部豊後守の言葉を嚙《か》みしめた。

「そうだ。そう思わねば、寵臣などしておれぬわ。寵臣に向けられるものは多い。主君の期待、信頼。そして同僚の嫉妬、忌避《きひ》。下僚の反抗、阿諛《あゆ》追従《ついしょう》。他にも一族からのねだりなどもある。主君の期待と信頼は重く、そのほかはすべて面倒だ。寵臣でなければ、このすべてと縁が切れる」

「楽になれると」

「ああ。どれほど楽になれるかの。他人が羨《うらや》む出世の裏側とは、ありとあらゆる人の悪意を受け止めることでもある」

「………」

　賢治郎が息を呑んだ。

「怖れたか。なれど、これくらい上様に比べれば、軽いのだぞ」

「軽いと仰せか」

　言われた賢治郎は驚愕した。

「嫉妬、忌避など、どれも人に向けられるものだ。対して、御輿となった上様に向けられるのは……畏怖《いふ》だけ」

「畏怖だけ……」

「それがどれだけきついか、わかるまい。上様が人として近づこうとしても、相手は拝み奉りながら、下がっていくのだぞ」

「そんな……」

賢治郎は絶句した。

「生きている間に、神になる、神にさせられる。その苦痛がどれほどのものであるか、臣下である我らが真の意味で知ることはない。たとえ家臣から畏怖されようとも、江戸城へいけば、儂は神ではなく、ただの人になれるからな」

阿部豊後守が盃をあおった。

「ゆえに、ようやくと儂は言った。ようやく、上様に人としての対応ができる者をお渡しできた」

「拙者のことでございましょうや」

「当たり前じゃ。他に誰がおる」

確かめようとした賢治郎を、阿部豊後守があきれた目で見た。

「上様のお力になり、上様がお求めになられたときは、側にいる。真の寵臣となるときが、そなたにも来た」

「上様のお側には今までもおりました」

賢治郎が胸を張った。

「阿呆《あほう》。そなたの側にいたは、ただ側にあったじゃ」

阿部豊後守が叱りつけた。

「側にある。この意味は、上様をお支え続けることじゃ。ただ、隣にいて、上様のお言葉にうなずくだけなら、人など要らぬ。傀儡《くぐつ》人形ですむ」

「なにを」

己を傀儡に比された賢治郎が怒った。

「違うと断言できるのか」

「それは……」

老中から詰問口調で言われて、反論できるほどの者はそうそういない。賢治郎は口ごもった。

「上様のご機嫌伺いだけなら、その辺の小姓どころか、お城坊主にでもできる。そのような者を寵臣とは呼ばぬ」

強く阿部豊後守が断言した。

「上様のお助けになっているか」

「なっていると思っております」

声音を優しくした阿部豊後守に、賢治郎は告げた。

「では、政の助けはできているか」

「分が違いまする。わたくしはお小納戸でございまする。上様の御髪を調えさせていただくのが役目。政に口出しはできませぬ」

「他の小納戸がそう答えたならば、褒めてとらせるが、寵臣としては、話にならぬ。先ほども申したとおり、寵臣とは上様をお支えする者。そして上様を表で支えるのは、政を担うしかない」

「わたくしでは……」

政のことなど考えさえしていない。賢治郎は首を横に振った。

「逃げるなと言ったぞ」

阿部豊後守が賢治郎を睨んだ。

「上様が御輿のままでいいのだな」

「よろしくありませぬ」

唯一の主君を飾りものと言われて、うなずけるはずなどない。

「御輿でないならば、お仕事をしていただかねばならぬ。そして、上様のお仕事とは政だ。表から上様をお支え申すならば、政にかかわるしかない」

「表でないところで上様をお支えするという方法もございましょう」

賢治郎は抗弁した。

「後ろで支える。ふん。上様の陰に隠れると」

「そのようなことを申してはおりませぬ」

あわてて賢治郎は否定した。

「いいや。裏に回るというのは、表に立つことによって受ける圧力を避けるだけよ。そなたは、上様を盾にすると言ったも同然」

「上様を盾になど……」

賢治郎は絶句した。

「言いわけをしたところで、同じじゃ。一度口から出た言葉は取り消せぬ。そして、それをどう解釈するかは、口にした者のかかわるところではない。聞いた者の勝手じゃ」

「そんな……」

阿部豊後守の言葉に、賢治郎の反論は力を失った。

「肚をくくれ、賢治郎。上様は覚悟をなされた。そなたを一度手元から離す決意をな」

「上様が、わたくしを側から離す」

賢治郎は愕然とした。

「よく聞け、愚か者が」

茫然《ぼうぜん》自失となった賢治郎を、阿部豊後守が叱咤《しった》した。

「一度というのが聞こえなかったのか。まったく、気の弱い奴よなあ。これで執政が務まるのかの」

阿部豊後守が、不安げに眉をひそめた。

「……………」

返答できることではない。賢治郎は黙るしかなかった。

「まあよい。まだ、そなたは若い。上様もな。若いだけに足りぬところがあるのは当然である。それを補えばいい。年寄りは、補うのがうまいだけだ」

慰めるように阿部豊後守が言った。

「さて、そなたの別家の話に戻るぞ。このたび、そなたが別家できたのは、深室の失態に巻きこまれぬようにとの意味と、もう一つ、そなたの意思で役目を受けられるようにするためじゃ」

「わたくしの意思で」

「うむ。深室の養子のままならば、そなたを登用するには、形だけとはいえ、作右衛門をとおさねばならぬ」

武家にとって当主が絶対である。当主が否めば、主君といえども、直接の家臣ではない子供や一族を召し出すことはできなかった。もっとも、主君の召し出しほど栄誉なことはない。まず、当主が拒むなどありえなかった。

「いわば、一手間が増える。下手をすれば、拒まれるかもしれぬ。そなたも経験したはずじゃ。お花畑番から、兄の松平主馬によって外されたであろう」

「……はい」

賢治郎は嫌な顔をした。

「それを避けるには、そなたが当主であればいい。当主は主君の直接の臣下である。たとえ、親兄弟であろうとも、本家筋であろうとも、当主の意向を変えられぬ。そう、そなたの心一つで、上様の思し召しに応じられる」

「わたくしの思うがままにできる」

阿部豊後守の説明に、賢治郎は喜色を浮かべた。

「これでわかったか。上様が覚悟をなされた意味を」

「執政衆に委託された政をお手自らのものへと戻されるため」

賢治郎は答えた。

「そうじゃ。とはいえ、明日からできるものでもない。すでに政が執政のものとなって、十数年になる。急に返されては、かえって混乱しよう。なにせ、上様は政のなされかたをご存じではない。これは、儂の責任でもある」

失敗を阿部豊後守が認めた。

「なにより、執政どもが、すんなりと渡すまい。政を自在にできる、これは天下を思い通りにできること。将軍と同じだけの力じゃ。御三家でさえ、遠慮する権を一度手にした者が、自ら返上するはずもない。力ずくで取り返さねばならぬ」

「…………」

難しい顔に賢治郎はなった。政を取り返す困難さを理解したのだ。

「肚を決めよ。上様をお支え申す気があるならば」

「はい」

ここまで言われれば、賢治郎も納得した。

「よし。これはまだ上様のご内諾をいただいただけじゃ。外で口にするな。深室の一件が落ち着いたのち、そなたは小納戸を外れ、遠国奉行に補される。一応、大津町奉行を考えておる。大津は琵琶湖の水運、東海道、中山道の陸路を差配する重要な地である。そして、比叡山とのつきあいもせねばならぬ。つまり、道中奉行、寺社奉行の役目もこなさねばならぬ。もちろん、奉行としての本業である大津の治安、政、防火などもだ」

「なかなかに難しい……」

賢治郎は嘆息した。

「ああ、他に琵琶湖に遊ぶ公家《くげ》どもや、参勤交代で大津に泊まる大名の相手もある。ふふふ。大津町奉行は、幕府の縮図だ」

楽しそうに阿部豊後守が笑った。

「精進するとしか申せませぬ」

「やりとげよ。二年でいい。二年、失態をおかさねば、江戸へ呼び返してくれる。次は目付じゃ。大名、旗本どもの姿をよく知るためにな」

「二年でよろしいので」

短いのではないかと賢治郎は首をかしげた。阿部豊後守の説明だと、大津町奉行に学ぶべきは山ほどある。とても二年で終われるとは思えなかった。

「儂が持たぬ」

阿部豊後守が小さく首を横に振った。

「もう儂は還暦をこえている。いつ、家光さまのもとへ呼ばれてもおかしくはない」

「そのようなことはございますまい。お健やかではございませぬか」

賢治郎が否定した。

「いつまで儂を留め置くつもりだ。長四郎も逝った。家光さまの寵臣で残っているのは、もう儂だけじゃ。家光さまのお側に長四郎や三四郎がおると思うだけで、儂がどれだけの寂寥感《せきりょうかん》に苛《さいな》まれるか」

「…………」

泣くような阿部豊後守に、賢治郎はなにも言えなかった。

「そなたも吾が身に比せばわかるであろう。遺《のこ》された寵臣の悲哀が」

「はい」

「なれば二年で、ものにせい。儂はその間、意地でも生きる。どのような目に遭うとも、執政であり続ける」

家光の遺臣である阿部豊後守は、今の老中たちにとって煙たいだけであった。すでに老中主座の座も失い、実質の政からも外されていた。

「承知いたしましてございまする」

賢治郎は決意をこめてうなずいた。

「よし」

阿部豊後守がほっとした。

「ああ。あと一つ」

「なんでございましょう」

賢治郎が姿勢を正した。

「深室の娘だが……あきらめろ」

冷たく阿部豊後守が述べた。

「それは……」

「これから上様の助けとなって、出世していく者に、咎人の娘は向かぬ。足を引っ張る材料になる。そなたの嫁は、儂が適当に見繕ってくれる。遠国奉行を終えれば、そなたも千五百石だ。万石ていどの姫ならば釣り合うとはいえぬが、無理でもなくなる」

「豊後守さま」

賢治郎は声を荒げた。

「いいや。これは好機である。そなたにとって深室は足かせにしかならぬ。潰れてもらっては、そなたに影響が出るゆえ困るが、格落ちはさせねばならぬ。そなたとまともに口もきけぬ、そう、御家人にさせる」

「御家人とはあまりでございましょう」

「落ち着け。これも上様をお支えするためじゃ」

「……ですが」

賢治郎は飲みこめなかった。

「よいか。これだけは辛抱せい。そなたが深室の家に、娘にどのような想いがあろうともな」

「なんとか」

「ならぬ。悪いようにはせぬ。上様のおみ足を引っ張ることになるぞ」

「……はい」

老中にそこまで言われれば、引き下がるほかなかった。

「ああ、失敗したの」

阿部豊後守ががっかりとした。

「なにがでございまするか」

「膳の上のものを片づけてから話せばよかった。すっかり冷えてしまったわ」

固くなった鯛の身に、阿部豊後守がなさけない表情を浮かべた。


食事を終えた賢治郎が、阿部豊後守の屋敷を出たとき、すっかり日は暮れていた。

江戸城内廓の門は、暮れ六つ（午後六時ごろ）で閉じられる。とはいえ、脇の潜りは名乗るだけで通行が許されていた。

「阿部豊後守さまのお屋敷より帰宅いたす。小納戸深室賢治郎でござる」

「通られよ」

あっさりと潜り門が開かれた。とはいっても、出た途端に潜り門は、音を立てて閉められる。五寸（約十五センチメートル）も離れないうちに、背中で戸が閉まる。あまりいい気はしない。

「……はあ」

阿部豊後守との話の影響が残っていることもあり、賢治郎は大きなため息を吐《つ》いた。かといって立ち止まっているわけにもいかない。賢治郎は、善養寺へと歩き出した。

「誰だ」

常盤橋《ときわばし》御門を出たところで、賢治郎は気配を感じた。

「……さすがでございますね」

右手の辻の闇が答えた。

「深室賢治郎さまでおまちがえございませんか」

ていねいな口調で闇のなかから確認が求められた。

「姿を見せよ」

「あいにく、それはできかねまする」

賢治郎の要求はあっさりと拒まれた。

「ならば、話はせぬ」

手厳しく賢治郎は拒絶した。

「よろしゅうございますので。これを見ても同じことが言えましょうかね」

「むっ」

暗闇から飛んできたものを、賢治郎は受け止めた。

握っていた手のひらのなかには小さな香袋があった。そして、強く握られていた香袋から立ちのぼる匂いは賢治郎のなじんだものであった。

「……これは」

「三弥どのの」

賢治郎は驚愕した。

「よくおわかりで。なじんだ香りは、なによりの証拠でございましょう。はい。それは、深室三弥さまのものでございまする」

闇の声がからかうように笑いを含んだ。

「きさま、三弥どのをどうした」

「どうしたとお訊きになる。その香袋でわかりましょう。いや、信じたくないだけなのでございますかね。現実を受け止められないようでは、お役にたてませんよ」

闇の声があざけった。

「なにを……」

「落ち着いていただきましょう。気の立った獣と話はできませぬ。わたくしがこのまま去れば、お嬢さまの居場所は知れません。いや、命はございません」

笑いを消した闇の声が告げた。

「…………」

賢治郎は深呼吸を繰り返し、落ち着こうとした。

「どうやら耳は聞こえるようになられたようでございますな。では、用件をお話しいたしましょう。明日の夕刻、高輪《たかなわ》の大木戸を過ぎてすぐの山手にある無住寺までお出で下さいまし。わかりやすいように山門は開けておきますので、おまちがえなさいませんように。もちろん、お一人ででございますよ。このことを誰かに話せば、お嬢さまは死にまする。しっかりあなたさまには見張りが付いておりますのでご注意を。ああ、城中でも同じでございますよ。わたくしの仲間は、城中にもおりますので」

闇の声が要求を述べた。

「今からだ」

待てぬと賢治郎は迫った。

「あいにく、それはお断りいたしましょう。なにせ、急なご依頼でございましてな。お嬢さまを攫《さら》うだけで手一杯。あなたさまを歓迎する用意ができておりませんので」

罠を張ると闇の声が宣言した。

「こいつっ」

柄《つか》に手をかけて、賢治郎は闇へ駆け寄ろうとした。

「お止《や》めなさい。お嬢さまを……むごたらしく殺しますよ」

「くっ」

冷たく言われて、賢治郎は思いとどまった。

「したがえば三弥どのは無事帰すのだな」

「ご安心を。わたくしどもが相手をするのは、あなたさままで。お嬢さまはそのための道具。決して手出しはいたしませぬ。まあ、信用できませんでしょうがね」

賢治郎の念押しに、闇の声が告げた。

「誰に頼まれた」

「言うわけございません」

当然の答えが返ってきた。

「では、明日夕七つ（午後四時ごろ）お出で下さいませ。もし、そのときお一人でなければ……あなたさまは、骸《むくろ》と化したお嬢さまを見つけることになりますよ」

「わかった。かならず一人でゆく。三弥どのには触れるな。万一、約定を破ったときは、どこまでも追いかけてくれる」

賢治郎が憤怒を声にのせた。

「承知いたしておりますよ。将軍さまの寵臣を敵に回す意味を」

「それを知っていながら、三弥どのを攫ったのか」

「見合うだけの報賞が約束されたとお考えくださいまし。人というのは、利には弱いものでございますから」

闇の声が述べた。

「利か……」

賢治郎は眉をひそめた。

「人は理で生きられませぬ。明日の米があるからこそ、人は理を語れる。今、喰うものに困っている者に、他人のつごうなど考えろというほうが無理なこと」

「他人を犠牲にしても、己が生きたい。それが人か。獣ではないか」

「獣で結構。生きていた者が勝ちでございますよ。では、お待ちいたしております」

賢治郎の発言を認めて、闇の声が去った。

「……深室はどうなっている」

娘が攫われたのだ。騒動になっていなければおかしい。

賢治郎は、深室の屋敷へと足を変えかけたが、踏みとどまった。

「行ってどうなる」

もう賢治郎と深室の縁は切れている。ましてや、賢治郎が原因なのだ。

「すべては明日か……」

賢治郎は肩を落として、帰路に就いた。

去っていく賢治郎を少し離れた屋敷の屋根から見つめる目があった。周囲の気配を探った目が、屋根を音もなく駆けた。

常盤橋御門をこえて内廓に入った目は桜田御門から外へ出て、紀州《きしゅう》家上屋敷へと消えた。

「殿」

そろそろ休もうかと夜着になっていた頼宣《よりのぶ》の頭上から声がした。

「根来《ねごろ》か」

「はっ」

「深室になにかあったな」

頼宣が気づいた。頼宣は、根来者に賢治郎を見張らせていた。

「さきほど……」

見聞きしたことを根来者が告げた。

「そんな馬鹿をする者がまだいたとはの。甲府か、館林か、あるいは松平主馬か。いずれにせよ、愚かでしかないの。深室はたしかに上様の寵愛を受けてはいるが、まだまだ甘い。主君を支えきれるだけの寵臣にはなっておらぬ。阿部豊後守ならば、惜しげもなく切って捨てよう。それに気づいていないとはの」

頼宣があきれた。

「いかがいたしましょう。罠だけでも」

「放っておけ。いや、よく見てこい。深室がどうするかをな」

問うた根来者に、頼宣が指示した。

「別家を許されたと聞いた。これで深室がどう変わるか。娘を切り捨てて、行かぬのも一つ。それができれば、あやつも寵臣。松平伊豆ていどにはなれよう。あるいは、愚直に罠にはまって死ぬもよし。それだけの男だったと忘れてしまえばいい。もし、うまく対処できるようになれば……楽しみだの。明日が」

夜具を整えて、頼宣が目を閉じた。

第三章　守攻一体

一

寄合旗本といえば聞こえはいいが、ようは無役である。小普請組と同じ扱いを受け、寄合金という金を幕府に納めなければならなかった。百石に二両、三千石の松平主馬だと六十両になる。しかも、これは表高にかけられる。旗本の年貢は四公六民、あるいは五公五民のことが多い。三千石の実収は、千二百石から千五百石、精米の目減りを差し引きして、金なら千両から千三百両ていどにしかならなかった。

もちろん、莫大な金額ではある。が、三千石ともなれば、侍身分の家士を六十人は抱えていなければならない。他に中間、小者、女中などが要り、総勢百人近くなる。これらに払う俸給だけで、膨大な費用になる。そのうえ、身分柄、馬や鉄炮《てっぽう》など維持に手間が要るものも所持していなければならないのだ。さらに、寄合旗本のつきあいは大名や高禄の旗本となり、かなり派手になる。

禄高が多いとはいえ、内情は火の車に近いのが寄合旗本の現状であった。

なんとかして松平主馬が役付になろうとするのは、己の名誉のためだけではなく家のためでもあった。役に就けば、出世もできる。少なくとも役料が入るだけ、内証は楽になるのだ。

「殿、駒形の威兵衛と申す者が参っておりまする」

辞めた用人の代わりをさせている家臣が松平主馬のもとへ、報せてきた。

「通せ」

松平主馬が指示した。

すでに昨夜のうちに門番から取次の家臣にまで、威兵衛のことは告げてある。でなければ、三千石の旗本に町人が目通りを求めても、門前払いされてしまう。表立ってではないとはいえ、堀田備中守の紹介である。おろそかなまねはできなかった。

「連れましてございまする」

居室の襖が開き家臣が膝《ひざ》を突く向こうで、中年の町人が平蜘蛛《ひらぐも》のように伏していた。

「うむ。そなたが威兵衛か」

「おそれながら、お側の方まで申しあげまする……」

「ああ、直答でかまわぬ」

平伏したままで言いかけた威兵衛を松平主馬が遮った。

「駒形の威兵衛でございまする」

ちらと顔をあげて威兵衛が名乗った。

「聞いておる。そこでは話が遠い。なかへ入れ」

「ご無礼をいたしまする」

膝をするようにして、威兵衛が敷居をこえ、襖際《ふすま》でもう一度平伏した。

「下がっていい。襖を閉めよ」

家臣を遠ざけた松平主馬が、威兵衛に命じた。

「はい」

威兵衛が姿勢を変えて、襖を閉めた。

「殿さまには初めてお目通りをいただきまする。駒形の威兵衛でございまする」

あらためて威兵衛が言った。

「松平主馬じゃ」

簡単に松平主馬が応じた。

「備中守さまの存じ寄りだというの」

「存じ寄りなどとんでもございませぬ。ただ、何度かご依頼をいただきましただけで」

威兵衛が謙遜した。

「そのていどの者を、備中守さまが推薦されるとは思わぬぞ。かなり役に立っておるようじゃな」

「畏れ入りまする」

松平主馬の評価に、威兵衛が身を小さくして見せた。

「早速だが……」

首尾をと松平主馬が促した。

「昨日中に娘を預かり、夜阿部豊後守さまのお屋敷から帰宅途中だったお方にその旨を告げましてございまする。今夕、高輪の廃寺で待つと」

「なんだと。昨夜会っておきながら、逃がしたのか。なぜ、そのとき仕留めなかった」

聞いた松平主馬が怒った。

「こちらの用意ができておりませぬ。なにぶん、お話をいただいたのが、昨日の昼過ぎでございまする。娘を手にするのが精一杯で、腕の立つ浪人者を集めるだけの余裕がございませんでした。さらに必殺を期すとなれば、それなりの準備も要りまする」

三千石の旗本に怒鳴りつけられても、威兵衛は竦《すく》まず、事情をしっかりと述べた。

「むうう」

正論に、松平主馬が黙った。

「大丈夫なのだろうな」

「ご安堵《あんど》くださいませ。すでに罠の準備は終わり、腕の立つ浪人を複数手配いたしておりまする」

威兵衛が胸を張った。

「腕の立つ……賢治郎はかなり遣うぞ」

松平主馬が嫌そうな顔で口にした。

「それぞれが、免許皆伝でございまする。うち二人は、道場主でございました」

「ございました……」

「博打《ばくち》と女で身を持ち崩したのでございまする。ご安心を、腕前のほうは落ちておりませぬ。今まで何人もの武家を葬っておりまする」

怪訝《けげん》な表情の松平主馬へ威兵衛が答えた。

「まちがいないのだろうな」

「はい。他にわたくしの配下の男たちを動員しておりまする。数は十分かと」

念を押した松平主馬へ、威兵衛が強く頷《うなず》いた。

「ならば、よい。抜かりのないようにいたせ。言わずもがなだが、我が家の名前が出るようなことはないであろうな」

「ご安心を。ご当家さまのお名前を存じておりますのは、わたくしだけでございまする」

懸念を威兵衛が払拭《ふっしょく》した。

「ところで、お殿さま」

「わかっている。賢治郎が死んだとわかれば、そなたを召し抱えよう。禄高は六十石、身分は用人格でよいな」

威兵衛の言いたいことを察した松平主馬が約束した。

寄合旗本の用人とは、大名家の家老にひとしい。その権威は強く、町奉行ていどでは手出しできなかった。

「ありがとうございまする」

威兵衛が喜んだ。

「一応、訊いておく。そなた、なにをしでかした」

松平主馬が詰問した。幕府に手配されている者を雇い入れるのは、さすがに問題がある。言いわけのきかないことをしでかしていたならば、それなりの対処が要った。

「ご心配には及びませぬ。下手人《げしゅにん》ではございませぬ」

下手人とは、人を殺した者のことである。

「ではなにをした」

「博打場でございまする」

「……博打ていどだと」

聞いた松平主馬が啞然とした。

旗本や寺社のなかには、無頼に金で飼われて屋敷を博打の場所として提供しているところもある。これは賭博を取り締まる町方は、旗本や寺社の屋敷に踏みこめないからであった。また、そのていどのことで、町方が威兵衛を執拗《しつよう》に追い回すとは思えなかった。博打と女を禁止すれば、より大きなもめ事が発生すると町方もわかっているのだ。よほど派手にやるか、博打場で人殺しでもないかぎり、そうそう手入れなどおこなわない。

「わたくしは巻きこまれただけでございまするが、賭場で争いがございました。まあ、いかさまをやったのやらなかったのというお定まりでございまして、うちの若い者が、難癖を付けた男を袋だたきにして放り出したのでございまする。もちろん、死なないように手加減はいたしました。ただ、相手が悪かったのでございまする」

「……誰だ」

警戒しながら、松平主馬が尋ねた。

「村越長門守《むらこしながとのかみ》さまの甥御《おいご》さんで」

「北町奉行ではないか。町奉行の甥が博打場に出入りしていたとなれば、長門守の進退にもかかわるであろう。表沙汰にするはずはない」

臭い物に蓋《ふた》が役人の処世術である。とくに町奉行などという旗本のあこがれの役目になれるほどの者が、わざわざ己の首を危うくするものを明らかにするはずはない。

「それが、どうやらその甥御さまを某家の養子に入れる話がまとまりかけていたらしいのでございまする。その甥御さまがぼろぼろにされた。当然、医者も出入りするので怪我《けが》がばれ、やむを得ず取り繕うため……」

「取り繕うため……」

先を松平主馬が促した。

「博打場の内偵をさせていたと」

「探索方として甥を使っていた。そう外面《そとづら》を整えたのか、長門守は」

松平主馬があきれた。町奉行の一族が、探索方のまねをする。身分からして無理があった。

「窮したのでございましょう」

威兵衛が苦笑した。

「これでおわかりいただけましたでしょうか」

「ああ。長門守も必死にならざるを得ぬな。で、落としどころはどうするつもりだ。我が家の家臣となっただけで納まりはつくまい」

町奉行の首がかかっている。いつもならば、旗本の家臣とわかった段階で、威兵衛捕縛から退くだろうが、そうはいかなかった。

「身代わりは用意しておりまする。わたくしがご当家の家臣となり、これ以上の手出しが難しくなったところで、人身御供《ひとみごくう》を差し出すつもりをしておりまする」

「なるほどな。旗本の家臣を捕まえたければ、目付を通さねばならぬ。かといって、目付にかかわられては、かえって藪蛇《やぶへび》になりかねない。実と名をそろえるならば、そのあたりが村越どのとしても落としどころだな」

「ご明察でございまする」

松平主馬の推論を威兵衛が称賛した。

「委細を飲みこんだ。許そう」

「かたじけのうございまする」

仕官を認めた松平主馬に、威兵衛が額を畳につけて感謝した。

「あとは任せたぞ」

「本日夜には、吉報をお届けに参りまする」

目通りは終わりだと告げた松平主馬に、威兵衛が宣言した。

賢治郎は、翌日、登城しなかった。病気届けを出し、月代御髪の役目を休んだ。鋭い家綱の前に出て、三弥が攫われたことを隠し通せる自信がなかったからだ。

「よいのか、休んで」

巌海坊が心配そうな声で問うた。

「上様にご心労をおかけするわけには参りませぬ」

賢治郎はきっぱりと言った。

「そのあたりが、どうもまちがっている気がしてならぬのだがの」

巌海坊が首を左右に振った。

昨夜遅く戻ってきた賢治郎の顔色の悪さから異常を悟った巌海坊は事情を訊きだしていた。

「上様は、おぬしに頼って欲しいのではないかの」

「わかっておりまする。しかし、上様に申しあげることはできませぬ。わたくし一人のために上様がなにかをなさるなど、とんでもない」

巌海坊の助言にも、賢治郎は頑《かたく》なであった。

「準備ができていないと申したのであろう、相手は。罠があるぞ」

「承知いたしておりまする」

「それでも行くか。まあ、そうだろうな。旗本としてならば、見捨てるのが正解である。しかし、そのようなまねをするようならば、七代まで縁を切ってくれるがの。とはいえ、かわいい弟子を、死地へそのまま向かわせるわけにはいかぬ」

巌海坊が難しい顔をした。

「ですが、一人で来いと。吾を見張っているとも」

「それなのだがな……まことであろうかの」

賢治郎の言葉に、巌海坊が疑問を呈した。

「でなければ、昨夜、阿部豊後守さまの屋敷から帰る吾と接触できますまい」

「それは大手門を見張っていれば、賢治郎の後を付けるくらい容易であろう。あとは、帰途を待ち伏せればいい」

巌海坊が述べた。

「相手は、おぬしがここにいることを知っている」

「おそらく」

確認する巌海坊に、賢治郎は首肯した。

「ふむ。ならば、今も寺を見張っていなければなるまい」

「はい」

「感じぬのだよ、目を」

巌海坊が首をかしげた。

天台宗の僧侶でもある巌海坊は、剣術の修行だけでなく、密教僧としての修行もおこなっている。比叡の山中に長く籠もったこともある。山のなかは、人が主ではない。熊や、狼、蛇が我が物顔に闊歩《かっぽ》するところなのだ。周囲の気配《けはい》や襲ってこようとする気配を感じられなければ、命がなくなる。

比叡山だけではない、月山、大峰山などの道場と呼ばれる霊峰に修行した僧侶は、皆気配に鋭敏になった。

そして人の目は気を発する。なんとなく見られている気がして、あたりを探れば、誰かと目があったという経験は、誰にでもある。その感覚が、修行僧は強い。

「江戸に長くいたゆえ、昔ほど広く感じ取れるとは言わぬが、今でも二十間《けん》（約三十六メートル）四方に妙な気配があればわかるのだが……」

巌海坊が言うならば、まず見張りはいないと考えても大丈夫であった。

「警戒しているのでございましょう。高輪へ向かうとなれば、どうしても街道を通らねばなりませぬ。そこに見張りを置いておけば、わたくしが一人か、徒党を組んでくるか、わかりまする」

賢治郎は推測を語った。

「別々に動けばわかるまい。前もって高輪へ行く、あるいは少し遅れて駆けつけるなど、方法は幾らでもある」

巌海坊の口にしたことはまちがっていない。罠があるとわかっているところに、のこのこ一人で行くほうがどうかしていた。

「駄目でございましょう。わたくしにかかわる人の顔を調べていないとは思えませぬ」

賢治郎は否定した。

「編み笠で顔を隠せば……いや、より目立つか」

顔を隠す。それは見られてはつごうが悪いと公言しているも同然であった。

「一人で参りまする」

「それは愚策だぞ」

「他に三弥どのを救う手だてはございませぬ」

「…………」

さすがの巌海坊もすぐに策を思いつかなかった。

「三弥どのは、わたくしの事情に巻きこまれただけ。わたくしが救い出すのが理《ことわり》」

「たしかにな」

賢治郎の決意を巌海坊も認めるしかなかった。

「そして、向こうが罠を張っているならば、こちらも相応の準備をいたせばすむこと。あるとわかっている落とし穴に落ちる馬鹿はおりませぬ」

強い目で賢治郎は述べた。

「相応の準備……なにをする」

巌海坊が問うた。

「十分な武器と防具でござる」

賢治郎が告げた。

二

月代御髪でなければ、知らぬ顔でご用を果たせたかも知れない。しかし、将軍に刃物を当てるという緊張の役目で、心になにかあれば、刃先が震える。月代にしろ、髭《ひげ》にしろ、剃刀を揺らしてはならないのだ。揺れれば、刃物を当てられているほうが気づく。

病欠の届けを出した賢治郎は、戦いの用意を始めた。

「巌海坊どの、お願いがござる」

朝の勤行を終えた巌海坊に、賢治郎が頭を下げた。

「何が欲しい。どれでも好きなものを持って行け」

すぐに巌海坊が認めた。

「かたじけなし」

賢治郎は礼を述べて、寺の蔵へと向かった。

善養寺は薬師如来を本尊としている。病《やまい》全般に名の知れた名刹《めいさつ》であるが、とくに足の怪我に霊験あらたかであった。

善養寺に参詣することで足の怪我が良くなった信者は、幾ばくかのお供えと使っていた杖《つえ》などを納めるのが慣例であった。

さすがにすべての杖を保管しておけるわけもなく、時々、庭で護摩《ごま》供養の薪として燃やしてはいたが、幸い、ここ半年ほどは供養がおこなわれておらず、蔵と本堂にはたくさんの杖が置かれていた。

賢治郎はその杖を道具として使うつもりでいた。

「これは……だめだ。短すぎる。これは木に割れがある……」

蔵のなかの杖を賢治郎は検《あらた》めた。

「これは……」

よさげなものを手にしては、振ってみて具合を確かめていた賢治郎が、五本の杖を持って蔵から出てきたのは、昼すぎであった。

「よいのはあったか」

「はい。黒檀《こくたん》と樫《かし》のものをいただきました」

賢治郎が杖を見せた。

「この黒檀の杖は、日本橋の下総屋《しもうさや》どののものだな。昨年末、転んで足をくじいたときにあつらえたものだったはずじゃ。祈願してから一カ月ほどでよくなったとかで、五両の金と共にお納めくださったのだが……」

しみじみと杖を見た巌海坊が嘆息した。

「黒檀、それも目の詰まった高級品だ。これだけでも五両ではきくまい。さすがは日本橋の大店《おおだな》のご隠居だと感心しながらも、無駄な費えじゃと腹のなかではあきれていたが……そなたの役に立つとあれば、けっこうだ」

巌海坊が杖を賢治郎に返した。

「黒檀の恐ろしさは知っているな」

「……はい」

表情を厳しくした巌海坊に、賢治郎が首肯した。

「黒檀で打たれた傷は、肉を傷つけず、骨を腐らせる。その意味がわかるの」

「…………」

念を押した巌海坊に、賢治郎は無言で肯定した。

「まあ、噂の域を出ぬ話だがな。実態は、杖ゆえに肉は斬れず、固い黒檀で打たれた衝撃だけが骨に届いて傷を与える。見た目はなんともないのに、後日なかから腐敗が始まる。これが真実だろうが……のちのちに響く被害を出す。己の見えないところで、敵対した相手が泣く。その惨《むご》さを知ったうえでの選択だな」

「はい」

今度は口にして、はっきりと賢治郎が認めた。

「出家としてはよくないが、その覚悟善きかな。一撃で殺すのではなく、相手が苦しむことも飲みこむ。一枚脱げたの」

巌海坊が頬を緩めた。

「人を助けるが出家の役目。人を許すのが御仏の道。得度したときにそう教わった愚僧が言うべきではない。が、あえて言う。不動明王さまがお持ちの降魔の剣、あれもまた仏の御技である。敵に情けは無用じゃ」

「わかっておりまする。女子供をさらうような輩、遠慮はいたしませぬ」

賢治郎が宣した。

「刻限までそう余裕はなかろう。腹が減っては戦《いくさ》ができぬ。これも真実である。庫裏《くり》に飯の用意をしてある。腹一杯に喰っていけ。ここから高輪まで歩けば、ちょうどよい腹ごなしになろう」

「かたじけなし」

賢治郎は一礼した。

「どれ、愚僧はご本尊さまにお詫びを申し上げてこよう。弟弟子に人殺しをそそのかした罪をお許し願わねばならぬ。ゆえに見送らぬぞ」

「はい」

本堂へと姿を消した巌海坊にもう一度頭を下げて、賢治郎は庫裏へ入った。

「これは……」

膳の横にのこぎりと針と糸が添えられていた。

「お見通しか」

賢治郎は感嘆した。

「吾には、これほどの助力がある。負けるわけにはいかぬな」

真剣な眼差しになった賢治郎は、膳の上のものへと手を伸ばした。

賢治郎が病欠した。この影響は、家綱にとって大きいものであった。

「……つっ」

家綱が小さな苦鳴を漏らした。剃刀が家綱の月代を小さいとはいえ傷つけた。

「申しわけございませぬ」

臨時に月代御髪を命じられた小納戸が、縮みあがった。

「よい。続きを」

家綱が先を促した。

月代御髪は剃刀を操る。不器用な者にさせれば、まちがいなく頭皮、あるいは頬や顎《あご》などを傷つけた。だが、将軍はこれを咎めてはいけなかった。

月代御髪は小納戸の役目である。が、月代を当たり、髭を剃るのは髪結いの仕事で、武士の表芸ではない。

いわば無理矢理に慣れていないことをさせているのだ。これで失敗を咎められては、家臣たちがたまらなかった。ここで家綱が怒れば、この小納戸はお役御免、下手すれば改易になりかねない。武士としての本分ではないところで罰を与えられるとなれば、誰も月代御髪を拝命しなくなってしまう。それでは、将軍の身形《みなり》が調わなくなる。

家綱は我慢した。

「……お、終わりましてございまする」

疲れ果てた声で、小納戸が平伏した。

「大義であった」

不満をこらえて、家綱が小納戸をねぎらった。

「誰か、白湯をこれへ。あと、豊後守に参れと伝えよ」

月代御髪を担当した小納戸から目を離して、家綱が命じた。

「ただちに」

小姓が急ぎ足で御座の間を出ていった。

将軍のお召しとはいえ、城中を走ることは禁じられていた。呼びに向かった小姓は
もちろん、呼び出された老中阿部豊後守はより一層のんびりとした歩みになる。

これは、将軍側近である小姓や執政たる老中が慌ただしく走るようなまねをすれば、
城中に異変を報せてしまうことになる。それを防ぐためのものであった。

「おはようございまする」

阿部豊後守が家綱の呼び出しに応じたのは、熱い白湯が冷めかけたころであった。

「早々の呼び出し、すまぬ」

老中は幕府の政をおこなう執政である。将軍といえどもぞんざいな扱いはできなかった。

「いえ。上様のご用こそ、第一でございまする」

この返答も形に沿ったものであった。

「一同遠慮いたせ」

家綱が他人払いをさせた。

「いかがなさいました。御月代に血がついておるようでございますが……そういえば、賢治郎の姿もないような」

めざとく、阿部豊後守が気づいた。

「休んでおる」

「はて……」

家綱の返答に、阿部豊後守が首をかしげた。

「昨夜は元気でございました……もっとも、昨日生きていたから、今日死なないというわけでもございませぬが」

「……昨夜」

阿部豊後守の言葉を家綱が聞きとがめた。

「はい。別家の祝いの宴《うたげ》を」

「そうか、祝ってやってくれたか」

家綱がほっと表情を緩めた。

「賢治郎には、喜びごとを祝ってくれる者すらおらぬ。それは躬の仕事ではない。躬は主君ゆえに、己の与えた褒賞を一緒に祝うことはできぬ」

力なく家綱が首《こうべ》を垂れた。

言い方は悪いが、家臣に与えた褒賞を主君が喜ぶのは、自画自賛でしかないのだ。

「本家である松平と義絶しておるために、一門ともつきあいはなく、養家の深室とも縁が切れた今、賢治郎は天涯孤独も同然」

阿部豊後守がだめ押しを加えた。

「ただし、天涯孤独も同然とはいえ、まったく誰もおらぬわけではございませぬ。たしかに上様はお立場上、賢治郎の祝いの席にお出ましになるわけには参りませぬが、わたくしがおりまする。いえ、身罷《みまか》っておりさえせねば、松平伊豆守も同席いたしたでございましょう」

「伊豆か。たしかにの」

家綱が同意した。

「考えてみれば、贅沢な男よな、賢治郎は。老中二人から祝いをもらえたかも知れぬのだからの」

ようやく家綱の表情が緩んだ。

「痛い思いをしただけのことはあるのかの」

家綱が傷に触れた。

「上様、これでおわかりでございましょう。一人にすべてを任せてしまうことの危うさを。その者がいなくなったとき、いきなり困ることになると」

「ああ」

言われた家綱がうなずいた。

「賢治郎をお育てになられる気におなりあそばしたか」

「うむ」

確認した阿部豊後守に、家綱が強く首を縦に振った。

「そなたがおる間に、躬の手足となる者を、政の手助けができる者たちをそろえねばならぬとわかった」

家綱が述べた。

「一人では、その者がどれだけ優れていようとも、いなくなってしまえば、誰もその穴を埋められませぬ」

「今朝、思い知ったわ」

家綱が苦笑した。

「それは重畳《ちょうじょう》でござる」

阿部豊後守も笑った。

「ところで……」

「賢治郎のことでございますな」

「うむ」

二人の表情が引き締まった。

「昨夜の賢治郎に、まったく異常は感じられませなんだ。素直に上様のご温情を喜んでおりました」

「それが、翌日に登城せぬとは解せぬ」

家綱が難しい顔をした。

「そういえば……」

「なんじゃ、申せ」

思い出したような阿部豊後守へ家綱が身を乗り出した。

「深室の娘の話をいたしましたとき、かなり苦悩しておりました」

「……深室の娘とは、養家のか」

「さようでございまする」

阿部豊後守が首肯した。

「上様の寵臣として出世していかねばならぬ賢治郎に、咎人となった深室の娘はふさわしからずと申しつけたのでございますが……」

「情に厚い賢治郎のことだからの。見捨てられぬのであろう。なにより、気に入っておるようであったしの」

「そのようなことを賢治郎めが、上様のお耳に」

ほほえましそうに告げる家綱に、阿部豊後守が苦い顔をした。

「よいではないか。躬以外にすがる相手のいなかった賢治郎じゃぞ。それが女《おなご》とはいえ、気にする者ができた。めでたいと思わねばなるまい。でなくば、賢治郎めのことじゃ、躬のこと第一で、妻もめとらず、子もなさず、家を継がせることなど考えもすまい」

「それは……仰せのとおりでございまする」

家綱の言いぶんを阿部豊後守が認めた。

「どうにかしてやれぬか」

「さようでございますな……一つだけ方法はありまする」

「どうする」

家綱が問うた。

「わたくしが深室の一件を担当している目付に圧をかけましょう」

「目付は、老中支配であるが、役目の性質上、従わずともよいはずだぞ」

阿部豊後守の話に、家綱が首をかしげた。

目付は旗本、役人の監察を任とする。その範疇《はんちゅう》はかつての大目付の職分まで吸収し、老中、若年寄であろうとも糾弾できた。幕府でもっとも偉い役人でさえ罪に問うのだ。執政たちからの圧力を跳ね返せなければ、役目を全うできない。そこで、目付は老中支配ながら、その指示を受けず、直接将軍に報告、裁断を仰ぐ権利を有していた。

「もちろん、わたくしの意見など聞きますまい。そのような弱腰で目付になれるはずもなし。かといって、老中の介入を無視はできませぬ。目付に命令できませぬが、他の役人たちを思うがままにできるのでございまする。目付どもが望む役人たちの事情聴取などに支障がでましょう」

「なるほどの。そうなっては一大事じゃ。目付は老中を抑えることのできる躬のもとへ訴え出てこよう。阿部豊後守をなんとかしてくれと。あるいは、深室にはこういう罪があり、咎め立ててくれとな」

家綱が先を読んだ。将軍が裁可してしまえば、いかに阿部豊後守といえどもどうしようもできなくなる。

「はい。そこで上様が事情を聞き、深室作右衛門の咎を下してくだされば……」

「それがどれほど軽いものであっても、もう、目付にはなにもできぬか」

阿部豊後守の後を家綱が続けた。

「しかし、それでも深室の家に傷はつくぞ」

「改易、お目見《めみ》え以下への格落ち以外であれば、あとでいくらでも名誉を回復させる術《すべ》はございまする。前例も山ほどございますれば」

ときをおいて復権すると阿部豊後守が言った。

「あと、罪名をはっきりとさせずにしていただきたく。罪名が残れば、後々面倒に」

「わかった。罪名がつけば、法度違反があったとの記録が残るからじゃな」

「…………」

無言で阿部豊後守がうなずいた。

「記録に残らぬ、いや、後でどうにでもなる咎とあれば……躬の気に染まぬことがあり、がよいな」

将軍は旗本、御家人の主である。当然、気に入らぬ者に禄を与えたくはない。そこで、気に染まぬ、あるいはゆえあってという理由ともつかない罪名で、家臣たちを咎めることがあった。実際その例は多い。しかし、将軍の機嫌が原因だけに、取り消すのも容易であった。なにせ罪ではないのだ。

「お願いをいたしまする」

「任せよ」

悪だくみをするなど初めての経験であるだけに、家綱は少し楽しそうであった。

「豊後……」

家綱がほほえみを消した。

「わかっておりまする。しばしのご猶予を。賢治郎めのこと、調べましょう」

「………」

ふたたび緊迫した雰囲気に戻った二人が見つめ合った。

「躬にも委細を報せよ。それと賢治郎を頼む」

数年とはいえ、子供のころを一緒に過ごした家綱は、賢治郎が一夜に得た病ていどで役目を休むはずがないと確信していた。

「かならず」

阿部豊後守が請け負った。

三

家綱の前を下がった阿部豊後守は、留守居溜まで足を運び、控えていた自家の留守居役に善養寺まで行かせた。

「深室賢治郎のようすを探って参れ。要りようならば、余の名前を出してよい」

「はっ」

指示を受けた留守居役が出ていった。

留守居役は、藩と幕府、藩と藩の折衝を担当する役目であった。自家に不利にならぬよう、江戸城に詰めたり、城下で役人や他藩の同役と会合をもったりして、つきあいを作るだけでなく、情報を得るのが仕事である。

とはいえ、老中の留守居役は別格であった。つきあいを望まれても、求めることはなく、下手《したて》にでなくてもよい。幕府になにかあるときは、主が真っ先に知る。どころか、思うがままに幕政を動かせるのだ。老中にとって、留守居役はいなくてもすんだ。

阿部豊後守が、留守居役を使いに出せるのもそのおかげであった。

「次は目付か」

御用部屋に戻らず、阿部豊後守は目付部屋へと足を進めた。

「これは豊後守さま」

目付部屋の前で待機していたお城坊主が、阿部豊後守に気づいた。

「御用で」

お城坊主が手をついて問うた。

目付部屋は御用部屋と同じく、他職の出入りが禁じられている。たとえ老中といえども、目付部屋のなかへ踏みこむことは許されていなかった。

「たしか、豊島と申したか。あるいは田山《たやま》だったたか、深室の一件を担当している目付を呼び出してくれ」

しっかりと知っていながら、阿部豊後守はわざとらしく曖昧《あいまい》な態度を見せた。

「豊島さまと田尾さまでございましょうか」

「そうじゃ。そうじゃ」

お城坊主の確認に、阿部豊後守が手を打った。

「お待ちを」

すぐにお城坊主は、目付部屋に消えた。

頭を丸めているお城坊主は僧侶と同じ扱いとなる。そのため、俗世のことには興味がないとして、御用部屋でも目付部屋でも出入りできた。

「お待たせをいたしましてございまする。すぐにお出でになりまする」

戻ってきたお城坊主が告げた。

「うむ。そこの隅で待っておる」

阿部豊後守が、入り側の奥へと動いた。

「ご老中さまが、わざわざ目付部屋まで来られただと」

そろそろ評定所へ出かけようとしていた、目付の豊島と田尾が顔を見合わせた。

「しかも目付をとではなく、我らを名指しじゃ」

豊島が目つきを鋭くした。

「となれば、深室の一件しかないな」

「うむ。なにぶんにも深室には、上様のお花畑番だった松平賢治郎がいたからの」

田尾がうなずいた。

「上様のお耳に入るまでに、ことを抑えに来たか」

「であろう」

豊島が同意した。

「どうする」

「そのような手出しを許すわけにはいくまい。一度でも退けば、それは前例になる。我らが折れれば、これからずっと目付は老中の顔色を窺わねばならぬようになる。我らが悪例を作るなどとんでもないことだ」

　矜持が消されると豊島が首を左右に振った。

「となると……」

「老中を抑えられる上様に一件をあげるしかあるまい」

　田尾の問いかけに、豊島が答えた。

「わかった。では、拙者が阿部豊後守さまのお相手をする。なんとか時を稼ぐ。貴殿は、評定所へ急がれよ」

「すまぬ。なんとしてでも今日中に深室作右衛門を落としてみせる」

　田尾の申し出に、豊島が一礼して、目付部屋を後にした。

「よし……」

　気合いを入れた田尾が続くように廊下へ出た。

「遅くなりまして、申しわけもございませぬ」

　百万石の加賀でも代々の譜代大名でも呼び捨てにし、傲岸《ごうがん》不遜と評される目付でも、老中、それも将軍の信頼厚い阿部豊後守相手には、敬意を払わざるを得なかった。

「いや、御用繁多のおりに呼び出したのじゃ。気にせずともよい。そなたは……」

「目付田尾調所にございまする」

訊かれて田尾が名乗った。

「そうか。ご苦労である。さて、互いに忙しい身である。無用な話はなしにいたそう。深室の一件、なかったことにいたせ」

阿部豊後守がいきなり用件を口にした。

「これはご老中さまのお言葉とも思えませぬ。我らは目付として取り調べる要を認めましたゆえ、留守居番深室作右衛門を詮議いたしております。旗本の監察は、目付の権でございまする。いかにご老中さまのお言葉とはいえ、従うわけには参りませぬ」

毅然《きぜん》とした態度で田尾が拒んだ。

「……深室作右衛門をそのままにはさせぬ。どうじゃ、役目を退かせるゆえに、これで納めてはくれまいか」

少し阿部豊後守が下手に出た。

「深室になにもなければ、そのようなまねはなさらずともすみましょう。このようなことを申し上げるのは、失礼と存じまするが……」

一度、田尾が間を空《あ》けた。

「……豊後守さまのお名前にもかかわりかねませぬ。どうぞ、このままご放念くださいますように」

諭すように田尾が言った。

「目付風情が、余の名前に言及するか。分をわきまえぬの」

阿部豊後守が冷たい声を出した。

「ご老中さまといえども、目付の人事には口出しできぬが決まりでござる」

田尾が強がった。

監察を上司の恣意《しい》で異動できては、その用をなさなくなる。目付の人事は、目付部屋の総意という形を取っていた。

「目付には手出しできぬとはわかっておる。ならば他にやりようはある。ことを小さくすませたかったが……」

それ以上言わずに、阿部豊後守は背を向けた。

「まずい。評定所の書役どもを抑えられては証言の記録が危ない」

捨て台詞を聞かされた田尾が慌てた。

「急ぎ、豊島どののもとへ行かねば」

田尾が早足になった。

阿部豊後守の脅しに泡を食った田尾は、評定所へ向かっている豊島に追いつくように急いだ。

「豊島どの……」

田尾が阿部豊後守との遣《や》り取りを語った。

「なんと。そこまで」

豊島が目を剝いた。

「阿部豊後守さまも老中筆頭から外され、御用部屋では孤立されているという。このままでは、そう遠くないうちにお役御免となるだろう。権力の座から降りるのは、誰しも嫌じゃ。そこで寵臣の連座を避けさせ、それを手柄に上様のご機嫌を取り結ぼうとしているのではないかの」

「であろうな。でなくば、あの豊後守さまが、このような下世話な手を使われるはずもない」

田尾の推測を豊島が受け入れた。

「急がねばなるまい」

「おうよ」

　二人は勇んで評定所へ入った。

「その方……深室作右衛門じゃの」

　詮議の座についた田尾が、下座に手をついている作右衛門の憔悴《しょうすい》振りに驚いた。

「深室作右衛門でござる」

　答える作右衛門の声も弱い。

「身体の具合でも悪いのか」

　豊島の表情が険しくなった。

　幕府目付とはいえ、鬼ではないのだ。体調の悪い者の取り調べは日延べになる。だが、阿部豊後守が動いた今、一日でも遅れたくはない。

「辛くなれば申せ」

「大事ござらぬ」

　一応の気遣いに、問題ないと作右衛門が首を左右に振った。

「まことじゃな。書役、記しておけよ」

　田尾が証拠を残すようにと命じた。

「では、詮議を始める。深室作右衛門……」

「すべて認めまする」

口を開いた豊島を、作右衛門が遮った。

「な、なんじゃと……」

さすがの目付が呆然とした。

昨日まであれほど頑強に抵抗した作右衛門が、開口一番罪を認めたのである。

「……偽りではないな」

吾を取り戻した田尾が確かめた。

「ございませぬ。すべて、お目付衆の言われるとおりでござる」

作右衛門が頭を垂れた。

「そのやつれようも、罪を認める煩悶《はんもん》とあれば、納得じゃ」

田尾が腑《ふ》に落ちたと言った。

「よし。殊勝である」

豊島が膝を叩いた。

「田尾氏」

「急ぎましょうぞ」

二人が目を合わせて首肯した。

「深室作右衛門、追って沙汰あるまで、屋敷にて謹みおれ」

「今日の詮議はこれまでとする」

あわてて二人が立ち上がった。

普段の目付ならば、このような拙速は取らなかった。一夜で別人と思えるほど憔悴した作右衛門の姿、前日までの抵抗をまったく失った様子に違和を感じて、その理由を厳しく問いただしたはずである。しかし、その余裕を阿部豊後守が奪っていた。阿部豊後守の手が回るまでに、将軍へ報告しなければならないという焦りが、二人の目付の判断を狂わせた。

「…………」

二人が去ったあとに残されたのは、床に突っ伏す作右衛門と、痛ましげな目で見る書役だけであった。

四

昼餉を摂《と》り、少し午睡をした賢治郎は、羽織と袴《はかま》を身につけた。

「行って参りまする」

まだ本堂で勤行を続けている巌海坊の声に、そう告げて賢治郎は善養寺の山門を潜った。

「高輪の大木戸近くの廃寺か」

もう一度目的地を口にした賢治郎は、草鞋《わらじ》を数度踏みつけるようにして足になじませたあと、歩き出した。

賢治郎が履いているのは戦草鞋であった。戦草鞋は戦場で戦っている最中に足下がずれないよう、足首にひもを回して固定してある。他にも、踏ん張ったとき安定するように足を包みこむような形状をしている。歩くより、戦うための履き物であった。

「あいつか」

「ああ」

善養寺から三筋離れた路地角から、無頼の男二人が見張っていた。

「あの坊主は出てこねえな」

「ああ。念のためたしかめておけと親分から言われているからな」

一人が小走りに、善養寺へ近づき、戻ってきた。

「のんきにお経なんぞ唱えてやがる」

「もうすぐ、あいつの分を読まなきゃならねえからな」

「違《ち》えねえ」

二人が下卑た笑いを浮かべた。

「楽な仕事だ。坊主が後を追わないかどうかを見張るだけで日当がもらえるなんぞ、ありがたすぎるぜ」

「だの。これでいつもの日当をいただいたんじゃ罰《ばち》が当たる」

無頼たちが好きなことを言っていた。

「なんなら、坊主を片付けちまうか」

「勝手なことをすると、駒形の親分に叱られるぞ」

もう一人が注意をした。

「大丈夫だ。親分だって坊主が邪魔しては困るから、おいらたちに見張りを言いつけたんだ。片付けたら褒められるぞ。なにせ、見張らなくていいんだからな。死人は寺を出ねえからな。そうすれば、おいらたち二人も本番のお手伝いに回れようが」

「それはそうだが……」

「噂で聞いたがよ。波平《なみへい》、あの寺、貯めこんでるぞ」

「うっ」

波平と呼ばれた無頼が揺らいだ。

「知っているだろう、足の仏さまを。江戸中の怪我人が集まってくるらしいじゃねえか。それこそお布施もたんまりだろうぜ。それにあの寺、裕福な割に人がいねえ。小坊主はおろか、寺男まで置いていない。どれだけけちな坊主なんだろう。それだけにあると思うぜ」

無頼が指を丸くした。

「剣術坊主だろう」

波平がためらった。

「たいしたことねえって。剣術遣いなんぞ、お面、お小手などと上品な床踊りが得意なだけよ。ほれ、思い出せよ。去年、剣術道場の代稽古とかいった浪人者を始末したろうが」

「……ああ。あいつか。口ほどにもなかったな」

「同じことだって」

無頼が揺さぶりをかけた。

「親分に黙っていいのか」

無断での金稼ぎを波平が怖れた。

「問題ねえよ。日頃の稼ぎにも親分はなにも言わねえだろう。商人を脅していただいた金で、親分から注意をされたことはなかろう」

「まあ、そうだな」

「やろうぜ、波平。ここであと二刻（約四時間）もぼうっとしているよりはましだぞ」

「……やるか、三平《さんぺい》」

波平もうなずいた。

「そう来なくちゃな。分け前は折半だぞ。手だては、まず入るなり、山門を閉じる。そうすれば、参拝の連中も入ってこられねえ。その後は、二人がかりでいつもどおりにな」

「おう」

手はずを打ち合わせた無頼たちが、顔つきを変えて善養寺へと近づいていった。

三弥は、廃寺の本堂で縛られていた。

「気丈な娘だぜ。一睡もしやがらねえ」

見張っている浪人が、感心した。

「寝たら、なにされるかわからねえからだろうよ」

股の間に抱えこんだ徳利《とっくり》から、惜しそうに酒をちびちび口に運んでいる別の浪人が応えた。

「なにをするというんだ。こんな乳もねえ、下の毛さえ生えてないような子供に」

最初の浪人があきれた。

「馬鹿だのう。それがいいのじゃないか」

本堂の隅にいた三人目の浪人が口を出した。

「どこがいいというんだ、川崎《かわさき》氏。聞かせていただきたいものだ」

酒を飲んでいた浪人が、暇つぶしに問うた。

「よろしかろう。貴殿たちのように、安い女郎ばかり抱いている御仁と違い、吉原で筆おろしをすませ、江戸中の岡場所で名をなした、この川崎伝内《でんない》がたどり着いた真の女の楽しみ方をお話ししようではないか」

川崎が三弥の側に座り直した。

「………」

嫌そうに三弥が身をよじり、少しでも離れようとした。

「その割に、嫌われているようだの」

最初の浪人がからかった。

「いやいや、最初だけ見てそれで判断するなど、見識ある武士のすることではないぞ、安藤《あんどう》氏」

笑いながら川崎が手を振った。

「さて、幼き女こそ、よいというのはな。まず、まちがいなく初物だということだ」

川崎が語り出した。

「貴殿たちは初物を破った経験をおもちかの」

「ない」

「同じくな。先祖代々の浪人者じゃ、女など抱けて岡場所の安女郎が精一杯だでの」

二人が否定した。

「であろう。身どももそうであった。だが、男として一度は初物を抱いてみたいではないか。そこで身どもは、月のものを見たばかりくらいの童女を襲ってみた」

「おい、それは」

「いくらなんでも……」

強姦したという川崎を二人が咎めた。

「それがどうした。おぬしたちに言われる筋合いはないぞ。いったい何人殺した。女を犯すのと人を殺すのとどちらが罪じゃ」

「うっ」

「むうう」

川崎の反論に二人がうなった。

「その辺でお止めいただきましょうか。お客人が怯《おび》えておられますからね」

本堂へ入ってきた駒形の威兵衛が、馬鹿話をしている浪人たちをたしなめた。

「これは親分」

川崎が軽く頭を下げた。

「先生方のお仕事は、深室賢治郎を討ち取ること。お預かりしているお嬢さままで遊ぶことじゃございませんよ」

「いや、ふざけが過ぎた」

叱られた川崎がわびた。

「そろそろ深室が来てもおかしくない頃合いでございまする。川崎さまは予定通り、山門の陰へ」

「承知しておる」

川崎が急いで出ていった。

「腕は立つので飼ってますが、そろそろ縁の切りどきでしょうかね」

その背中を見送った威兵衛が冷たく言った。

「…………」

安藤ともう一人の浪人が沈黙した。

「先生方も配置についてくださいな」

「わかった」

言われた安藤が、本堂の正面入り口の右に身を隠した。

「承知」

最後の浪人が正面入り口から見えるところへ位置を取った。

「もう少しのご辛抱で」

威兵衛が三弥に話しかけた。

「…………」

「猿ぐつわをしたままでは、話せませんね。愛しい御仁が来るまで、少し楽にして差しあげましょう」

三弥の猿ぐつわを威兵衛が緩めた。

「賢治郎さまとわたくしは、もう関係ございませぬ」

口が動くようになるなり、三弥が苦情を言った。

「縁組みの解消でございますか。そんなもの、わたくしどもの知ったことではございませぬ。こちらは深室さまを誘い出せさえすればよろしいので」

「賢治郎さまは、来られませぬ」

「それはそのとき。まあ、日没までにお出でにならねば、あなたさまはさきほどの川崎という浪人者のおもちゃにされたあと、品川の海へと沈んでいただきますがね」

冷酷な通告を威兵衛がした。

「そのような辱めを受けるようならば……」

三弥が舌を噛もうとした。

「善養寺を出られたそうでございますよ」

「えっ……」

威兵衛の言葉に、三弥が止まった。

「ご存じではございませんでしょうが、深室さまは本日登城もせず、ずっと寺におられました」

「お役を休まれた……賢治郎さまが」

家綱をすべてにおいて優先していた賢治郎が、己のためにお役を休んだと聞かされた三弥が驚いた。

「その深室さまが、こちらに向かっておられる。それでも自害なさいますか」

「賢治郎さまの足かせになるくらいなら……」

三弥が決意を述べた。

「ご立派なことでございますがね。今更、お嬢さまが生きていようが、死体であろうがあまり関係はございません。早くに死なせてしまって、それが知られたら人質の意味がなくなりますので、生かしておいただけ。ここへ来てくれるなら、お嬢さまが死体でも同じで。いえ、かえって惨《むご》たらしい死に様を見せつけて、深室さまの冷静さを奪うという手にも使えますな」

淡々と威兵衛が告げた。

「……」

三弥が黙った。

「さて、そろそろ猿ぐつわを戻しましょうか。見事、深室さまが我らを倒して、お嬢さまを救い出せば、生きて帰れますし、深室さまが武運つたなくお亡くなりになったとしても、しっかりその後を追わせて差しあげますので、どちらにせよ、ご一緒になれますよ」

「……」

ふたたび猿ぐつわをされた三弥はおとなしくなった。

「やはりお好きなのでございますな。女にとって、好いた男と生き死にを共にすることほどの幸せはないようで」

威兵衛が立ちあがった。

「男女の好いた惚《ほ》れたなど、幻影でしかございませんがねえ。三年もすれば、相手をまちがったと後悔しだし、五年で逃げ出したくなり、十年で殺したいほど憎む。ただ、そうすることで出てくる不利益が嫌なので我慢しているだけ。男と女。とどのつまりは、利害でございますよ」

冷たく威兵衛が吐き捨てた。

「親方」

そこへ若い無頼が駆けこんできた。

「与太《よた》か。おめえは大木戸の見張りだったたな。ということは、深室が来たか」

「へい」

与太と呼ばれた若い無頼がうなずいた。

「三平、波平の姿はないんだな」

「兄いたちは見えやせん」

確認した威兵衛に、与太が首を大きく縦に振った。

「よし。大木戸からここまでは、すぐだ。おめえは大木戸まで戻り、太郎《たろう》や治郎兵衛《じろべえ》と一緒に、深室の後から戻ってこい。逃げ道をふさぐのがおめえたちの役目だ」

「合点で」

命じられた与太が走っていった。

「先生方、お願いしますよ。これがうまくいき、わたくしが旗本家の用人となったあかつきには、先生方を家臣として取り立てるよう、お殿さまに御推挙いたしますからね」

「仕官か」

「それはありがたし。ようやく浮き草から逃《のが》れられる」

安藤ともう一人の気合いが入った。

「川崎さまについては……」

威兵衛が声を落とした。

「あんな危ない者を家臣にはできんな」

安藤が威兵衛の言いたいことを読んだ。

「お二人でお願いできますか。安藤さま、伊波《いなみ》さま」

「任せてもらおう」

本堂入り口の少し奥で、三弥の姿を遮るように仁王立ちしている浪人が首肯した。

「来ますよ」

威兵衛が告げた。

五

高輪の大木戸は江戸の市中と品川の宿場を区切る。大木戸から東が江戸であり、西が品川になる。これは町奉行所の管轄であるか、関東郡代の支配下になるかの境目でもあった。

関東郡代は代々伊奈《いな》家の世襲で、関東一円の幕府領を統括した。とはいえ、年貢の徴収と水利などの管理が主な職分で、犯罪者の捕縛なども任とするが専用の人材を持たない。

関東郡代の探索、治安維持能力は、江戸の治安を担う町奉行とは比べものにならなかった。というより、大木戸から西は、ほとんど無法状態といえた。

「大木戸をこえさせたのは、町奉行を怖れたからだな」

賢治郎は威兵衛の意図に気づいていた。たとえ三弥の拉致を町方に報せたところで、管轄外では手出しできない。そして、関東郡代には期待すべくもなかった。なにより、旗本が屋敷から娘を攫われたなど、家名の恥になるだけに、どこにも報せることはできない。

「悪辣《あくらつ》なやつめ」

声しか聞いていない相手を、賢治郎は罵った。

「ふん」

大木戸を過ぎた賢治郎は、しっかり後を付けてくる気配に気づいた。

「三人だな。気配が緩い。正式に武芸を学んだ者ではなさそうだ」

賢治郎は、背後をしばらく無視することにした。

高輪の大木戸を右に曲がれば、ちょっとした坂道になる。足に力を入れて、賢治郎は坂道を上った。

「あれか……荒れているな」

やがて賢治郎の右手に、朽ちかけた山門が見えてきた。

「たしかに門は開いている。ここでまちがいなさそうだ」

闇の声のとおりであった。無住となった寺は、火を付けられたりしないよう、厳重に封鎖されるのが常であった。それが大きく開いている。しっかりとした目印だった。

「額もないか。寺の名前も宗派もわからぬな」

山門の手前で賢治郎は立ち止まった。

「…………」

賢治郎は無言で戦いの用意をした。太刀と脇差の目釘を湿らせ、刀の下緒を使って手早くたすきがけになった。

「……よし」

もとより話し合いで三弥を取り戻せるなどと甘い考えをしてはいない。そもそも話し合いで解決できるようなことならば人質を取るはずもなく、それをたてに要求をすることなどない。

人質を取る。それは、尋常の手段で勝てないとわかっている者の手段であり、端《はな》から卑怯なまねをさらにするぞと宣言しているも同様なのだ。

「さて……」

身支度をすませた賢治郎は、山門ではなく、逆へと奔《はし》った。

「な、なに」

「えっ」

「わああ」

賢治郎の逃げ道を塞《ふさ》げと命じられながら、戦いは浪人たちの仕事だと油断していた与太たち無頼が、いきなり走り寄ってきた賢治郎に啞然とした。

「あわわ」

三人が泡を食いながら、懐の匕首《あいくち》を抜いたが、そこまでであった。

「…………」

太刀を抜いた賢治郎は、気合いも出さず、手前にいた与太を袈裟懸けに斬り落とした。

「ぎゃっ」

ほとんど右半身を割られて与太が即死した。

「わあああ」

「こいつうう」

残った二人が、賢治郎を近づけまいと匕首を振り回した。

「腰が引けていては、匕首のような短い得物では届かぬぞ」

血刀を前に突き出しながら、賢治郎は言った。

「やろおお」

やけになった一人が、匕首を腰だめにして飛びついてきた。

「ふん」

法も理もない攻撃など、賢治郎にとって脅威でもなんでもない。あっさりと賢治郎は匕首を持った手を肘《ひじ》から飛ばし、返す刀で首根を刎《は》ねた。

「……ああ」

息をもらすようにして、無頼が死んだ。

「ば、ばけもの……た、助けてくれええ」

残った無頼が背を向けて逃げ出した。

「逃がすわけにはいかぬ。三弥どのを今後狙われては困るのでな」

氷のような声で告げた賢治郎が、死んでいる無頼の手から落ちた匕首を拾いあげた。

「死ぬだけのことをしてきただろう。文句があるなら、いずれ吾も地獄へ堕《お》ちる。そのときに聞いてやる」

賢治郎は手にした匕首を力一杯投げた。

「……そ、そんなあ」

右腰に匕首を受けた無頼が泣きながら崩れた。

「もう遠慮はせぬと決めたのだ」

死んだ無頼たちに目をやって賢治郎は呟いた。

「いくか」

後顧の憂いを断った賢治郎は、太刀を抜いたまま山門を潜った。

「油断だな」

三歩入ったところで、賢治郎の後ろから川崎が斬りかかってきた。

「どちらがだ」

半身になっただけで賢治郎は川崎の一撃をかわした。

「こいつ、見切りができるのか」

賢治郎の身体三寸（約九センチメートル）を過ぎていく己の切っ先に、川崎が目を剝いた。

「見切りのできぬ剣術遣いなど似非《えせ》だろうが」

半身の状態で賢治郎が太刀を薙いだ。

「おっと。そっちだけじゃないんだぞ。見切りはよ」

川崎が大きく後ろへ跳んだ。

「そうか。見切りの割に、動きが大きいな」

嘲笑を浮かべながら、賢治郎が下段に構えた。

賢治郎は小太刀を主に遣う。主君を守る最後の壁たる寵臣として、室内での戦いを想定して鍛錬してきた。

室内で太刀を振りかぶれば、鴨居《かもい》に当たる。だが、下段に遮るものはない。

「こいつ……」

腰の据わった賢治郎の構えに、川崎が目を見張った。

「殿さま剣術かと侮ったわ」

川崎が表情を変えた。

「気を引き締めなきゃいけねえなあ」

ゆっくりと川崎が腰を落とした。と同時に膝《ひざ》をたわめ始めた。

「……来るっ」

賢治郎は川崎の呼吸を読んだ。

人は息を吸い、吐いて生きている。吸うには、筋を緩めなければならない。そして緩んだ筋では力が出せないのだ。襲いかかるには、息を吐くか止めるか、どちらにせよ胸の上下を見ていればわかった。

「喰らえ」

川崎が両足を蛙《かえる》のように使い、太刀をまっすぐ角のようにして身体ごと突いてきた。

体重ののった突きは、太刀で受け止められないほどの勢いを持っていた。

「おう」

賢治郎は右斜め前へと大きく踏み出しながら、下段の太刀をすくうように振るった。

「……がはっ」

下腹からみぞおちまでを存分に裂かれて、川崎がうつぶせに倒れた。

「鍛錬が効いていたころならば、十分に通用したろうが、ずいぶんと鈍ったようだな。切っ先の伸びが甘かった」

残心の形をほどきながら、賢治郎が述べた。

「一心に剣術を志したころもあったろうにの。人というのは、希望をなくしたときに崩れるのだろう」

賢治郎は、川崎から目を離した。

「お待たせしたようだな」

山門から本堂までは崩れかけた石畳が続いている。その先に目をやった賢治郎は、本堂のなかで仁王立ちする浪人者を見つけた。

「なかなかやるな」

浪人者が感心した。

「ここまで来い。おまえの女は、拙者の後ろだ。拙者を倒さずば、取り返せぬぞ」

大きく浪人者が手を上下に振って、賢治郎を招いた。

「今行く。覚悟しておけ」

大声で賢治郎も返した。

「…………」

賢治郎の声に、三弥が身体をよじらせた。

「愛しい男の声はたまりませんか。まあ、最後になることでしょう。よく耳に残しておかれることだ」

威兵衛が笑った。

「…………」

きっと三弥が威兵衛を睨みつけた。

「ふん。目つきで人は殺せませんよ。負け犬の遠吠えと同じでね」

威兵衛が鼻先であしらった。

「先生方、ぬかりなく」

外に聞こえないよう、威兵衛が注意を喚起した。

「…………」

本堂入り口の右戸袋に身を潜めている安藤が、無言で太刀を振りかぶった。

「臆したか、深室」

浪人者がわざと殺気を放ち、安藤の気配を隠した。

「黙れ」

怒鳴りながら、賢治郎は太刀をゆっくりと拭《ぬぐ》い、鞘《さや》へ戻した。

「なんだ……どうして太刀を仕舞う」

賢治郎の行動に、浪人者が怪訝な顔をした。

「ふん」

気迫一閃《いっせん》、賢治郎は脇差を鞘走らせた。

「ほう。室内だから脇差に替えたか。だが、それは悪手だぞ。寺の本堂だ。天井板も梁《はり》も、かなり高い。太刀先が引っかかることなどない。間合いの短い脇差で、勝てるとでも」

浪人者が嘲《あざけ》った。

「勝てるかどうか。己の身体で知るがいい」

賢治郎は一気に本堂の階段を駆け上がった。

「疾《はや》い。来る」

浪人者が驚いて口にした。

「………………」

安藤が足音を聞こうとして耳をすませた。

「おうやあ」

敷居をまたいで賢治郎が本堂へ踏みこんだ。

「しゃああ」

待ちかまえていた安藤の一刀が、賢治郎の左肩を捉《とら》えた。

「……えっ」

「つうう」

安藤が驚き、ほんの少し賢治郎が呻いた。

「人体ではない……なにか着こんでいるな」

賢治郎の肩で安藤の太刀は止まっていた。

「衝撃は来るな」

言いながら、賢治郎は左手だけで脇差を下から上へと躍らせた。

「あくっっ」

片手だったため、切っ先は食いこまなかったが、首から顎へと浅く裂いた。

「安藤氏」

しっかりしろと浪人者が叫んだ。

「あ、ああ」

あわてて安藤が、太刀を引こうとした。

「させるわけなかろう」

すり足で左へ寄った賢治郎が、逃げる太刀に沿って脇差を突きだした。

「はふっ」

喉に脇差を喰らった安藤が、ため息のような苦鳴を最期《さいご》に逝《い》った。

「おっ」

浪人者が絶句した。

「伊波さま」

威兵衛が、声をあげた。

「あ、ああ」

唖然としていた伊波が、動いた。

「安藤の仇とは言わぬ。拙者の未来のために死ね」

伊波が太刀を振りあげた。

「ぬん」

落とされた太刀を賢治郎は脇差で受けた。

刃渡りの短い脇差のほうが、太刀よりも曲がりや折れには強い。

「こいつっ」

防がれた伊波が慌てた。

「……………」

下から賢治郎は太刀を押し上げようと力を入れた。

「おのれえ」

伊波が顔を赤くして押さえこもうとした。

「抵抗を止めていただきましょう。でなければ、お嬢さまが死にますよ」

威兵衛が匕首を抜いて、三弥の胸に模した。

「さすがだ、親分。黙って死んでいけ」

伊波が勝ち誇った。

「ぬん」

賢治郎は力をいっそう加えた。

「な、なんだ」

人質を取ったことで油断した伊波の太刀が跳ね上がった。

「………」

両手を上げた形になった伊波の胸へ、賢治郎は脇差をたたきこんだ。

「むううう」

うなり声一つ残して、伊波が死んだ。

「な、なにを」

威兵衛が驚愕した。

「人質が死んでもいいのか」

余裕を威兵衛が失った。

「拙者が斬られても、三弥どのは助かるまい。顔を見られたおまえたちが逃がすはずはない」

「くっ……」

図星に威兵衛が呻いた。

「さて、どうする。三弥どのを離すならば、おまえだけは見逃してやる」

賢治郎は血刀を下げたまま、威兵衛へと近づいた。

「来るな。刺すぞ」

威兵衛が叫んだ。

「その代わり、斬る」

賢治郎が殺気をぶつけた。

「ひいっっ」

威兵衛の手から匕首が落ちた。

「三弥どの、今しばらくお待ちを」

一言断った賢治郎は、背中に隠していた黒檀の杖を出した。

「黒檀で叩かれたところは腐る」

杖で賢治郎は威兵衛の左手を打った。

「ぎゃっ」

「誰に頼まれた」

問いながら、賢治郎はふたたび杖で、威兵衛の右足を打った。

「腐るぞ」

感情のこもらない声で、賢治郎が告げた。

「た、助けてくれ。言う。言うから」

威兵衛が折れた。

「松平主馬さまの命で」

「やはりか」

賢治郎が嘆息した。

「わかった。行け。二度と江戸に戻るな。見かけたときは、問答無用で斬る」

「……は、はい」

腰が抜けたのか、這《は》うようにして威兵衛が本堂から逃げていった。

「申しわけない。三弥どの」

急いで賢治郎は、縛《いまし》めを解いた。

「あなたさまは、なぜ、来られたのでございますか」

猿ぐつわが取れるなり、三弥が叱りつけた。

「わたくしを見捨ててこそ、旗本でございまする。上様の家臣が、女のために命をかけるなど、論外。わたくしはあなたさまに助けて欲しいなどと頼んだ覚えはございませぬ」

三弥が怒鳴った。

「………」

賢治郎は無言で三弥を抱きしめた。

「あっ……」

三弥が驚いて身体を硬くした。

「……なんのために、わたくしがあなたさまを縁切りしたと……」

泣きそうな声を三弥が出した。

「……うれしゅうございまする」

そっと呟いて、三弥が身体の力を抜いた。

第四章　恩と奉公

一

目付豊島監物と田尾調所の二人が、目通りを願ってきたのは、将軍家綱が夕餉に取りかかる寸前であった。

「この刻限に、お目通りは」

小姓組頭が渋った。

「不意のお目見え願うは、目付の権である」

「目付の目通りを遮ることは許されぬ。邪魔だてするならば、そのままには捨て置かぬ」

豊島と田尾が強い口調で、小姓組頭を下がらせた。

「なんじゃ」

騒動に家綱が気づいて声をかけた。

「上様、不意のお目通りをお許し下さいませ」

豊島が平伏し、田尾が続いた。

「誰ぞ、そなたらは」

目付といえば江戸城中で知らぬ者はない。麻の黒裃《くろかみしも》を見れば、どれほどの大名であろうとも道を譲る。だが、そのような権威は将軍にとっては意味がなかった。なにせ、目付の権は、将軍から貸し与えられたものであり、家綱はそれをいつでも取りあげられた。

「目付豊島監物、これは同役田尾調所めにございまする」

代表して豊島が名乗った。

「……目付がなんの用ぞ」

「上様にご報告申しあげなければならぬことができましてございまする」

豊島が少しだけ顔をあげた。

「目付の権にかんすることか。ならば、他人払いをいたさねばならぬの。一同外へ」

家綱が手を振った。

「………」

御座の間から小姓たちが出ていくまで、豊島と田尾は沈黙した。

「よかろう。申せ」

「はっ。先日……」

家綱に促されて豊島が事情を説明した。

「なるほどの。旗本深室作右衛門に罪ありと言うか」

「さようでございまする」

「で、なんの罪だ」

当然のことを家綱が訊いた。

「それは……」

阿部豊後守の介入に焦って、豊島と田尾は作右衛門の罪名を確定していなかった。

「山本兵庫殺害にかかわりありと暴漢に屋敷を侵されたことでございまする」

罪名ではなく、罪状を豊島はもう一度告げた。

「山本兵庫を作右衛門が討ったのだな」

「いいえ……」

確認した家綱に、豊島が声を小さくした。

山本兵庫が死んだのは、ようやく昼になろうかという刻限であった。これは死体が見つかったときの状況から確定していた。そして、その日作右衛門は当番で江戸城御《お》広敷《ひろしき》に詰めていた。

「ほう、では、どうかかわったのだ。作右衛門がその山本とやらを殺すように手配りをしたと」

「証はまだ……」

言われた豊島が、身を小さくした。

「困ったことを申す。もう一度調べなおせ。それで罪に問うわけにはいくまい」

家綱が諭した。

「ですが、豊後守さまが……」

「豊後守がどうかしたのか」

わかっていながら家綱は意地悪く尋ねた。

「今朝方……」

これは田尾が語った。

「なるほど。豊後守が口を出してきたと。それでそなたたちは慌てて、躬のもとへ参ったのだな」

「はい」

田尾が首肯した。

「ふむうう。目付の権は、誰もこれを侵してはならぬ。躬から豊後を叱っておこうゆえ、もう一度詮議をいたせ」

当然の助言を家綱は口にした。

「お待ち下さいませ。それではまにあわぬのでございまする。御老中が口を挟んでこられますと、他の役目の者が萎縮《いしゅく》してしまいまして」

「ああ。老中は恐ろしいものだからな」

すがるような豊島に、家綱が理解を示した。

「作右衛門に非違あるはたしかであるな」

「まちがいございませぬ。本日、認めましてございまする」

豊島が告げた。

「わかった。しかし、罪名がないのはの……やむをえぬ。ゆえありてとしよう。ゆえありて深室作右衛門の禄を半減し、役を免じる。躬の許しあるまで謹んでおるように命ずる」

背筋を伸ばした家綱が、咎を言い渡した。

「はっ。承りましてございまする」

「畏れ入りまする」

豊島と田尾がほっとした。

「下がれ」

家綱が手を振り、二人が出ていった。

「愚か者めが。昨日まで頑強に否認し続けた作右衛門が一夜で崩れる。そこに異常を感じぬとは、目付としてふさわしくないの」

消えた二人に家綱はあきれた。

「それにしても豊後はさすがじゃの。思い通りに目付を操りよった。しかも、目付どもは豊後を出し抜いたと思っている。格が違いすぎる」

家綱は阿部豊後守の手腕に舌を巻いた。

「躬のためならば、目付を手のひらで転がすことも平然としてのける。これが父の寵臣の実力。同じことを賢治郎はできるのか。少なくとも今はできぬな」

小さく家綱が嘆息した。

「いや、躬もまだそれほどの家臣を持てるほどではない。賢治郎が成長するよりも早く、躬も大きくならねばならぬ」

家綱が密《ひそ》かに決意した。

翌日、賢治郎は登城した。

「ご迷惑をおかけいたしましてございまする」

家綱の前に、賢治郎は両手をついて謝した。

「もうよいのだな」

「はい」

その一言で、賢治郎は家綱が事情を知っていると感じた。

「躬以外に命をかける相手を作ったか」

「申しわけございませぬ」

賢治郎はそう詫びるしかなかった。

「ではございまするが……」

「ふふふ。よい、よい」

続けようとした賢治郎を、家綱が笑いながら制した。

「躬は、そなたの第一が変わっておらぬと信じておる」

「上様……」

賢治郎は詰まった。

「さて、月代を頼む。昨日は酷い目にあったのでな」

いつもの日常を始めようと、家綱が促した。


深室作右衛門の咎は、翌日右筆の手を経て、公式なものとして発表された。

「……これは。罪ではない」

奏者番として、幕臣の異動をいち早く知る立場にある堀田備中守が苦い顔をした。

「駒形の威兵衛も失敗した。甲府の手もしくじった。松平主馬も役に立たぬ。賢治郎を離し、上様の耳目を奪うという策は捨てねばなるまい。ふうむ。敵対するより抱えこむか。排除ではなく、儂の駒として使えば……上様につごうのよい話をもたらす道具として役立とう」

堀田備中守は策を変えた。

「威兵衛の誘いにのったほどだ。深室の娘に執心なのはまちがいない。深室の罪を赦免してもらうように働いてやるとして恩を売るか」

あっさりと堀田備中守は、松平主馬を捨てた。

「初手は……会うことからだな。世間を知らぬ寄合旗本の三男で捨てられた傷を持つ者など、儂にかかれば赤子も同然」

　堀田備中守が、小さく笑った。

二

　紀州徳川頼宣は、根来者から賢治郎の戦いぶりについて詳細な報告を受けていた。

「ほう、羽織の下に杖を仕込んでいたか。それで不意討ちを受け止めるとはの」

　頼宣が感心した。

「それもかなり固いもの、黒檀のように見受けられました」

　根来者が続けた。

「背筋に一本、両肩、両脇の五本を羽織の裏に縫いつけておりました」

「罠に誘われてから一日で、それだけのことをしてのける……長門《ながと》よ」

「はい」

　声をかけられた三浦《みうら》長門守が頼宣を見た。

「これだけの機転と肚。我が家に賢治郎ほどの者は何人おる」

「隅から隅まで探せば、片手くらいは……」

訊かれた三浦長門守が右手を拡げた。

三浦長門守為時《ためとき》は、石高一万五千石の家老職である。叔母が頼宣を産んだおかげで父が召し出され、その影響で三浦長門守も幼いころから頼宣に仕えた。家綱における賢治郎のような関係といえなくもないが、頼宣よりも七歳下であることから、幼なじみというより、その薫陶を受けて育てあげられた寵臣であった。

「片手か……紀州五十五万石、一万五千人からの家臣がいながら……それだけとは」

頼宣が慨嘆した。

「……深室と同じく、三十路《みそじ》以下に絞れば……」

「絞れば……」

さらに条件を厳しくした三浦長門守を頼宣が促した。

「おりますまい」

三浦長門守が首を左右に振った。

「…………」

戦国を実際に経験している最後の武将、豪胆でならした頼宣でさえ、言葉を失った。

「天下ではどうだ」

頼宣が重ねて問うた。

「加賀に一人、島津《しまづ》に五人、仙台はどうか……上杉は三人、大目に見て十人おるかどうか」

三浦長門守が答えた。

「天下十傑だな。もっとも、賢治郎は素質を示しただけで、まだ使いものにはならぬが……五年、儂が鍛えれば長門の跡を継ぐくらいにはなれよう」

「十年で、わたくしめを凌駕《りょうが》いたしましょう」

三浦長門守が同意した。

「家綱には惜しいな」

「…………」

頼宣は将軍の器量を足りないと言ったも同然である。いかに腹心といえども認めるわけにはいかず、三浦長門守は沈黙した。

「どれ、もらいにいってこよう」

頼宣が腰をあげた。

「登城なさる。行列の用意と、先触れを出せ」

主君の意向をすぐにくみ取るのが寵臣である。三浦長門守が大きな声を出した。

いかに将軍家から格別の扱いを受ける一門御三家とはいえ、不意の登城は厳禁である。紀州家からまず登城していいかどうかを伺い、幕府の許しを得る。それから行列を仕立てるのが決まりであった。

「出せ。どうせ、誰も止められぬ。松平伊豆が生きていたら、別だがな」

結果を待つことなく、頼宣が進発を命じた。

「しかるべし」

もちろん、神君家康の実子である頼宣を拒むだけの気概を持つ老中などいるはずもなく、すぐに許可は出た。その許可を携えた使者と、頼宣は桜田御門のなかで出会った。

「ふん。阿部豊後を除《の》け者にしたな」

頼宣が駕籠のなかで嘲笑した。

「将軍にとって、真の敵が誰かさえわかっておらぬ。酒井雅楽頭や土屋《つちや》但馬《たじま》なども甘い。阿部豊後守ならば、少なくとも登城の意図を確認くらいさせたぞ。やれ、若いの」

老中たちの不見識に頼宣はあきれた。

御三家は輿を降りなければならない下乗橋の内側まで駕籠で入れる。さらに四人の家臣を連れて登城できた。

「供いたせ」

しかし、頼宣は三浦長門守だけを連れて、城中へと入った。

「紀州大納言さま」

お城坊主が大声で触れて歩くなか、頼宣は城中での席と決められている大廊下へと進んだ。

「わたくしは、ここにて」

大廊下は御三家と加賀の前田、越前松平だけに許された格別な座である。紀州徳川家の家老で、格別に五位諸太夫に任官している三浦長門守といえども足を踏み入れるわけにはいかなかった。

「うむ」

大廊下手前の襖際で止まった三浦長門守を残して、頼宣は大廊下上段へ入った。月次《つきなみ》登城の日でさえない。大廊下に人の姿はなかった。

「坊主」

登城した大名は、決められた席に一度腰を下ろすのが決まりである。もっとも将軍家や老中などからの呼び出しは別であるが、とりあえず用事を取り次がせるにも、決めごとは守らなければならなかった。

「はっ」

頼宣の案内をしてきたお城坊主とは別、大廊下を担当する者が平伏した。

「上様にお目通りを願いたいと」

「はい」

お城坊主がうなずいた。

「そこの三浦長門守も同道させたい。あと、奏者番は堀田備中で頼む」

「それは……」

頼宣の追加注文の無茶に、お城坊主が驚いた。

三浦長門守の同席は、まだよかった。御三家が家康に任じられた付け家老を伴って謁見をすることはままあった。どちらかといえば、そちらが主流であった。幕府といえども、遠慮する御三家になにか命じるときなどは、直接当主ではなく付け家老に伝達させるのが慣例であったからだ。

問題は奏者番の指名にあった。

奏者番は、大名、旗本が目通りをするときの紹介と、献上品の目録読み上げを主たる任としている。譜代大名の初役として命じられることが多く、ここで才覚を現したものが、寺社奉行、若年寄と出世していく。

定員は定められてはおらず、二十人から三十人ほどおり、決められた順番で役目を果たしていた。なにせ、将軍の目の前で役目を果たすのだ。出来不出来が直接将軍に見てもらえ、大きな出世の糸口になるだけに、数人に偏重しないよう厳密に輪番が決められていた。

とはいえ、これは奏者番のなかでの話であり、親戚筋などで格別に縁がある大名などのときは、順番を変えることもあった。が、御三家の場合は、その影響力の大きさから、誰もが担当したがるだけに、順番の変更はもめ事を呼びかねない。お城坊主が躊躇したのも当然であった。

「長門」

頼宣が三浦長門守を見た。

「はっ。お坊主の衆、畏れ入るが、ここまでお願いしたい」

指示を受けて、三浦長門守がお城坊主を呼んだ。

「…………」

首をかしげながら、お城坊主が三浦長門守の前へと移動した。

「これを」

すばやく三浦長門守が、用意していた懐紙で包んだものをお城坊主に渡した。

「これは……」

薄禄で大名の心付けで生活しているにひとしいお城坊主である。すぐにそれが金であると気づいた。

「十枚ござる」

「えっ……」

その多さにお城坊主が絶句した。一両はおよそ四千文になる。人足の日当が二百文ほどであることを思えば、その破格さがわかる。

「無理の代金でござる」

「……わかりましてございまする」

音を立てて唾《つば》を呑んだお城坊主がうなずいた。

「多少強引な手だてをとらせていただきまするゆえ、大納言さまのお名前をお借りしても……」

窺うように、お城坊主が頼宣を見た。

「余の名前でよければ、好きに使え」

あっさりと頼宣が認めた。

「では、早速に」

お城坊主が駆けていった。

城中でお城坊主だけが走ることを許されていた。これは、急を要する事態が起こったときだけ慌てていては、城中に異変が知られてしまう。それを避けるため、たいした用でないときも、お城坊主は小走りしていた。

「堀田備中守さま」

奏者番の詰め所でもある芙蓉の間へついたお城坊主が声をかけた。

「おう。ここにおるぞ」

堀田備中守が手を挙げた。

「畏れ入りまするが……」

内談があるゆえ、出てきてくれと暗にお城坊主が求めた。

「今、参る」

城中の雑用全般をこなすお城坊主を敵に回して、務まる役目はない。まして、奏者番は、大名や旗本の状況をいち早く的確に把握しなければならないだけに、御用部屋へも出入りでき人事など誰よりも先に知ることのできるお城坊主の協力は必須である。

堀田備中守は、嫌な顔を見せることなく応じた。

「なにかの」

芙蓉の間の外に出た堀田備中守が、お城坊主に尋ねた。

「じつは……」

「紀州大納言さまが、余を名指しで」

聞かされた堀田備中守が怪訝な顔をした。

「ご事情はあいにく」

訊かれる前に、お城坊主が先手を打った。

「ふむうう……しかし、順番からいけば次は、井上河内守《いのうえかわちのかみ》どのだぞ。河内守どのは、もう奏者番を十年お務めの先達じゃ」

堀田備中守が難しい表情になった。堀田備中守正俊《まさとし》は、三代将軍家光最大の寵臣で大政参与まで務めた堀田加賀守正盛の子供である。殉死した家柄は格別に扱われるというのもあり、本来ならば奏者番など通過点でしかなく、若年寄くらいになっていても不思議ではなかった。それが、未《いま》だ奏者番のまま、それもようやく就任したばかりという冷遇を受けているには、理由があった。

堀田備中守の兄、家督を継いだ長兄堀田上野介正信《こうずけのすけまさのぶ》に原因があった。父の遺領を継いだ堀田正信に、役職は与えられなかった。父が老中、大政参与として活躍してきたのを見て育った正信は、己も政をおこなってみたかったのだが、その素質がなかったのか、一向に声はかからなかった。それを不満とした堀田正信は、老中たち執政を批判する上申書を提出、そのまま帰国してしまった。

無断帰国は謀反同様、重罪である。幸い、父の忠誠と引き替えに、切腹は避けられたが、堀田本家は改易、堀田備中守ら一門は、謹慎させられた。

その影響が、まだ色濃く堀田備中守を苦しめていた。そこにしきたりを崩す依頼である。先達である井上河内守の機嫌を損ねるのは、父同様出世していずれは老中にと思っている堀田備中守の足を引っ張りかねなかった。

「一案がございまする」

お城坊主が堀田備中守にささやいた。

「紀州大納言さまと、そこの廊下で行き合われたことになさりませ。そこで……」

「……無理矢理命じられたと」

すぐに堀田備中守がさとった。

「ご無礼を承知で申しあげまするが、大納言さまの横紙破りは城中で知らぬ者はおりませぬ」

お城坊主は、頼宣の悪名を利用すると告げた。

「では、余はこのまま外にいたほうがよいな」

「できましたならば、今少し大廊下に近い入り側へご移動願いまする」

堀田備中守にお城坊主が注文を付けた。

「わかった。たしかにここでは、大納言さまの通り道としては不自然じゃ」

堀田備中守が首肯した。

「では、わたくしは、急ぎ御座の間へ」

一礼してお城坊主が離れていった。

「紀州大納言が、余を……なにをさせたい。いや、なにを見せるつもりだ」

堀田備中守が目を細めた。


お城坊主の伝言は、小姓組頭を通じて家綱に届けられた。

「紀州の叔父御がか」

家綱が眉間《みけん》にしわを寄せた。

御三家の当主は将軍家親類衆である。とくに頼宣は、家康の実子として別格とされている。望めば、御用部屋での目通りもできる。ただ、そうなれば奏者番は不要になった。

「……わかった。黒書院での目通りを許す。豊後守に同席させよ」

一瞬思案した家綱が命じた。

「はっ」

将軍の一言は重い。すぐに謁見の用意はなされた。

御座の間から黒書院は近い。そして大廊下からは遠い。遠いからといって、将軍を待たせるわけにはいかない。先に、頼宣と三浦長門守が、黒書院で待機していなければならなかった。

「走れぬのは不便じゃの」

頼宣が嘆息した。

「決まりでございまする」

三浦長門守がなだめた。

「なんでもかんでも決まり。それで戦ができるものか。敵が、定石どおりに攻めてくるとは限らぬのだぞ。臨機応変でなければ戦いなどできぬ。武をもってなった幕府が、礼儀礼法に縛られる。これでは、本末転倒だ。このままでは、幕府は武でなくなる。そして、武でなくなった幕府は滅びるだけだ」

険しい顔で頼宣が述べた。

「殿、ここでは」

小さな声で三浦長門守がたしなめた。

「ふん」

頼宣が鼻を鳴らした。

「大納言さま」

入り側の右端に控えていた堀田備中守が、深く腰を折った。

「おう、備中守。すまぬな。無理を申した」

「いえ。お声をかけていただきましたこと、光栄に存じまする」

堀田備中守がていねいな対応をした。

老中になれば、御三家よりも格はあがる。だが、奏者番という初役では、紀州家をないがしろになどできようはずもない。

「わたくしをお名指しくださいましたが、なにか」

用件を堀田備中守が訊きだそうとした。

「おぬしも興味があるだろうと思っての」

「わたくしめが……」

楽しそうな頼宣に、不審げに堀田備中守が首をかしげた。

「すぐにわかる。付いて参れ、備中」

頼宣は足を速くした。

三

黒書院は白書院に比して小さい。とはいえ、百九十畳ほどある。もっともそのなかで今回使用されるのは、将軍の座する上段の間十八畳と謁見大名が手をつく下段の間十八畳だけである。

「大納言どの」

黒書院では、阿部豊後守が待っていた。

「豊後か。老けたの」

「大納言どのは、お変わりございませんな」

挨拶抜きの失礼な態度に、阿部豊後守が苦笑した。

「まだまだ隠居するつもりはないぞ」

頼宣が歯を見せて笑った。

「ご隠居願いではないと。ではなぜ」

阿部豊後守が急な謁見の理由を問うた。

「直接、上様に申しあげるわ」

老中の質問を、頼宣が拒否した。

「わかりましてござる」

嫌な顔一つ見せず、阿部豊後守が引いた。

「……さすがだの。そこいらの家柄老中どもとは格が違う」

口のなかで頼宣が、阿部豊後守の姿勢を評価した。

「上様のお成り。しぃ、しぃ」

先触れの小姓が、静謐《せいひつ》の声を出した。

「………………」

頼宣に続いて、三浦長門守、堀田備中守が平伏した。

「紀州徳川大納言、御前に控えておりまする」

上の間と下の間の境目近くに控えていた堀田備中守が、頼宣を紹介した。

「久しいの、大納言どのよ」

一族の長老へ、家綱が敬意を表した。

「ご壮健のご様子、大納言恐悦至極に存じあげまする」

頼宣が決まった挨拶を返した。

「で、今日はなにか」

「上様にお願いがございまする」

用件を促した家綱に、頼宣が顔を向けた。

「珍しいことよな。叔父御が躬に願いとは。なんでも言われよ。かなえられるものならば、かなえようほどに」

家綱が述べた。

「かたじけなきかな。では、お言葉に甘え、いただきたいものがございまする」

そこで一度頼宣が言葉をきった。

「旗本深室賢治郎を吾が家臣に」

「なんだと……」

「むっ……」

「……えっ」

家綱が絶句し、阿部豊後守はうなり、堀田備中守が驚愕した。

「かつて神君家康公は……」

三人の反応を無視して、頼宣が喋《しゃべ》った。

「安藤帯刀《あんどうたてわき》など、お手元でも優秀な家臣をわたくしにお付け下さいました。これは兄秀忠公に将軍を譲ったゆえのお心配りでございました。将軍は天下の主。どれほど優秀な人材でも思うがままに求められまする。しかし、それ以外の子供には、それができぬゆえ、できるだけの者をつけてやるとのご意思であったと聞きまする」

「それがどうして、賢治郎の身柄に繋がる」

家綱が不機嫌な声を出した。

「上様でございましたら、深室くらいの者をいつでもお召しになれましょう。なにも深室ごときにこだわらずとも」

「な、なにを。賢治郎に代わりなどない」

頼宣の挑発に、家綱がのった。

「上様。お平らに」

阿部豊後守が家綱を抑えた。

「……むう」

不足そうに、口を尖《とが》らせながらも、家綱が黙った。

「大納言どのよ。それでは、深室を欲しがる理由にはならぬの。優秀な者なれば、旗本にいくらでもおる。剣のできる者、書に堪能な者、算勘の術に長けた者。どれがお入り用かの」

冷静に阿部豊後守が言った。

「豊後、口出しは無用にいたせ」

頼宣が牽制《けんせい》した。

「そういうわけには参りませぬ。執政は、上様の補助でござる」

「手助けせねばならぬほど、上様は幼いと」

さらなる挑発を頼宣が仕掛けてきた。

「叔父御よ。いい加減にしてくれぬか。躬はまだ未熟じゃ。豊後だけでなく、叔父御の助けがなくば、困る」

家綱が穏やかな声で答えた。

「…………」

一瞬、頼宣が目を大きくした。

「天下を治める上様が、未熟だと」

「ああ。天下万民を指導するなど、神でなくばできまいよ」

家綱が首肯した。

「神……」

「そうだ。神君家康公ならばいざしらず、躬では到底な」

「…………」

頼宣が黙った。

父家康に強烈にあこがれている頼宣にとって、その名前は特別であった。家康以外の誰もできないと言われては反論できなかった。反論し、将軍ならばできて当然などと口にしようなら、それは家康の格を貶《おとし》める行為にしかならないからだ。

「畏れ入りましてございまする」

頼宣が一礼した。

「天晴《あっぱ》れ上様は名君でござる。人というのは、なかなか己にたりぬところがあるとわからぬもの。わかっても認めたがらぬもの。それを上様は自ら仰せられた。いや、なかなかできることではございません。これならば、天下は泰平まちがいございませぬ」

大仰に頼宣が、家綱を褒め称《たた》えた。

「言い過ぎじゃ」

家綱が照れた。

「ゆえに深室をいただきまする。上様はもう深室なしでもお困りになられますまい」

頼宣がつけこんだ。

「それは違うぞ。賢治郎がおればこそ、躬は大きくなれたのだ」

「おもしろいことを仰せでございますな。深室が上様のご成長を助けた。では、豊後守はなにをしていたのでございましょう」

じろりと頼宣が、阿部豊後守を睨みつけた。

「………」

阿部豊後守は涼しげな顔で、頼宣の気迫を流した。

「豊後守の助けはより大きいぞ。躬が人として育ったのは、豊後のおかげじゃ」

家綱がかばった。

「お答えを、上様」

家綱の言いぶんを無視して、頼宣が決断を求めた。

「わたくしならば、深室を一人前の執政に育てあげてみせる自信がございまする」

「一人前の執政……」

胸を張った頼宣に、家綱が萎縮した。

「深室は、たぐいまれなる素質をもっておると見ました。しかし、玉も磨かねば、石のまま」

「叔父御ならば磨け、躬では無理だと」

「無礼を承知で申しまする。さようでござる」

家綱に堂々と頼宣が告げた。

「大納言どの、ちと過ぎるぞ」

阿部豊後守が注意をした。

「黙れ。今まで上様にお話をしなかったくせに、偉そうな顔をするな」

頼宣が、阿部豊後守を面罵した。執政を、それも先代からの老臣を怒鳴りつける。

そこいらの大名ならば、場を去らずに切腹を命じられかねない行為であった。

「……っ」

下段の間右上で唖然としていた堀田備中守が息を呑んだ。

さすがの阿部豊後守が顔色を変えた。

「なにを隠していたと言うか」

「上様は玉である。それも美しく大きな極上の玉。そして深室は小さいが質の良い玉」

そこまで言ってから、頼宣が家綱へと目を移した。

「上様は玉が磨かれれば、どうなるかご存じでございましょうや」

「……ま、待て、大納言」

なにを言おうとしているかに気づいた阿部豊後守が、頼宣を止めようとした。

「どういうことだ、豊後」

そのあわてた様子に、家綱が疑念を持った。

「上様、どうぞ、奥へ。小姓、上様をお連れいたせ」

阿部豊後守が謁見を中止させようとした。

「控えよ、豊後」

家綱が阿部豊後守を叱りつけた。

「……上様」

声を荒げた家綱に阿部豊後守が驚いた。

「叔父御」

「さすがでござるな」

話の先を求めた家綱の態度に、頼宣が感嘆した。

「大納言、それ以上口にすれば……」

阿部豊後守が、御三家といえどもただではすまさぬと脅しをかけた。

「そのていどのことで、余を抑えられるとでも思っているのか」

頼宣が嘲笑した。

「潰せるものならば、潰してみよ。余を殺せるならばやってみよ。神君家康公の直系じゃ。家臣筋に殺されたとあれば、おもしろいことになるの」

「…………」

頼宣の発言に、阿部豊後守が言葉を失った。わざと密殺するならしてみろと家綱の耳に聞かせたのだ。これで、頼宣が急死したなら、阿部豊後守の手だと家綱は思う。阿部豊後守は、頼宣を殺せなくなった。

「しばらく黙っておれ」

家綱が厳しく、阿部豊後守に命じた。

「…………」

阿部豊後守が口を閉じた。

「叔父御」

「畏れ入りまする」

家綱の処置に、頼宣が礼を述べた。

「では、申しあげましょう。玉を磨くには、なにかを当ててこすりまする。こすり合わせることで、玉の表面にある傷やへこみなどを削り取り、平らにいたしまする」

「ということは、傷やへこみをなくすには、周囲を削って高さを合わせる」

「お見事でございまする。そのとおりでございまする」

　頼宣が手を打った。

「となれば、玉は磨けば磨くほど小さくなるのではないか」

「ご明察でございまする。ただ、玉は大きくとも輝かねば価値がございませぬ。玉は大きさよりも輝きでございまする」

「ならば、躬と賢治郎が互いをこすり合わせるのは、よいことであろう」

　家綱が問うた。

「上様はさようでございまする」

「躬は……というと賢治郎にはよくないと」

　頼宣の不足した部分を、家綱が口にした。

「はい。上様と賢治郎では玉の質が違いまする。上様は畏れ多くも神君家康公の直系、対して賢治郎は、三千石の名門旗本とはいえ、家臣筋のしかも傍系。玉の固さが、上様よりずいぶん劣りまする。その弱い玉を使い、固い玉を磨けば、どちらも磨けましょうが、どちらが先に摩滅してしまうか……」

「……うっ」

　最後まで言わなかった頼宣の先に、家綱は気づいた。

「このままでは、深室は……」

「豊後、叔父御の言うはまちがいないのか」

哀れむように言った頼宣を遮って、家綱が阿部豊後守を見た。

「上様、お考え違いをなさいませぬよう」

阿部豊後守が、落ち着いた声を出した。

「考え違いだと、なにがだ」

家綱がいらだちを見せた。

「深室は、賢治郎は、家臣でございまする。家臣はすべて、主のためにございまする」

「すり減るのも家臣の役目だと申すか」

「はい」

感情のままに確かめる家綱へ、阿部豊後守が首肯した。

「きさま……」

家綱が激した。

「上様、お平らに。ここでお話をするのはふさわしくございませぬ。御座の間で続きをさせていただきたくお願いを申しあげまする」

阿部豊後守が頭を下げた。

「…………」

大きく息を吸って、家綱が気持ちを落ち着けようとした。

「わかった。叔父御、賢治郎はやらぬ。ではの」

家綱が座を立った。

「ははっ」

先導の小姓以外、頼宣以下全員が平伏した。

「…………」

家綱の足音が消えるまで、一同は黙って頭を下げ続けた。

「大納言」

敬称を奪って、阿部豊後守が呼んだ。

「なんじゃ、豊後」

頼宣が胸を張った。

「なにが目的だ」

「目的……申したはずだぞ。深室が欲しいとな」

「それだけではあるまい」

飄々《ひょうひょう》と答える頼宣に、阿部豊後守が迫った。

「当たり前であろう。だが、言うと思うか」

「…………」

あっさりと認めながら詳しい話をしない頼宣に、阿部豊後守が苦い顔をした。

「さて、帰るか。長門」

「はっ」

頼宣が三浦長門守に声をかけた。

「備中、無理をさせたの。礼は後日」

まだ呆然としている堀田備中守を残して、頼宣が黒書院を出ていった。

「ご無礼つかまつりまする」

今一度手をついた三浦長門守が、その後を追った。

「備中守、どういうことだ」

阿部豊後守が頼宣の残した一言の理由を訊いた。

「……なんと申しましょうや、大納言さまより、今日の奏者番を依頼されまして……」

とまどいながら、堀田備中守が告げた。

「そなた、大納言とつきあいがあったのか」

「ございませぬ」

強く堀田備中守が否定した。

「……そうか。今は、これ以上詮議しておれぬ。上様をお待たせできぬゆえな。だが、このままではすまさぬぞ」

阿部豊後守も腰を上げた。

「……あと、言わずともわかっておろうが、ここであったこと、他言無用である」

言い残して阿部豊後守が急ぎ足で去っていった。

「なんなのだ。御三家とは、なんと恐ろしいものだ。その相手も、幕府の執政の役目なのか……」

一人残された堀田備中守が、腰を抜かすように足を崩した。

四

興奮を抑えられない家綱は、御座の間で阿部豊後守を待つ間、何杯も茶を点《た》てさせていた。

「もう一度、茶を」

「上様、余りに……」

四杯目のおかわりを要求した家綱を小姓組頭がおそるおそる諫《いさ》めた。

「…………」

不機嫌に家綱が黙った。

御座の間は異様な雰囲気であった。

「御用お目通りを」

そこへ月番老中である大久保加賀守《おおくぼかがのかみ》が顔を出した。

「どうした……」

老中までのぼってきた大久保加賀守である。緊迫した空気をしっかりと感じ取り、出入り口近くに座っている小姓に問うた。

「上様のご気色《きしょく》が芳《かんば》しくなく……」

小姓も戸惑っていた。

「誰か上様のご機嫌を損ねたのか」

大久保加賀守が問うた。

「それが、紀州大納言さまにお目通りを許されてから」

「大納言さまが来られたのか。不意登城だろうに」

小姓の報告に、大久保加賀守が驚いた。

「まあ、事情はどうあれ、政である。上様のご裁可をいただかねば話にならぬ」

大久保加賀守が、一度大きく息を吸って、御座の間へと歩を進めた。

「上様にはご機嫌うるわしく、加賀守恐悦至極に存じまする」

形式から大久保加賀守は入った。いや、そうしなければならなかった。

「申せ」

しかし、家綱は慣例を破った。執政へのねぎらいを口にせず、用件を求めた。

「……はっ。本日は三件の……」

だが、大久保加賀守はなにごともなかったかのように話を進めた。ここで家綱を注意するだけの勇気などなかった。

「……以上でございまする」

あからさまな早さで大久保加賀守が所用を終わらせた。

「下がれ」

手を振った家綱に追い出された大久保加賀守と入れ替わりに、阿部豊後守が姿を見せた。

「豊後」

「一同、遠慮せい。決して誰も近づけるな。それが老中であろうともじゃ」

阿部豊後守が家綱の呼びかけには応えず、他人払いを命じた。

「はっ」

その剣幕に、小姓と小納戸が急いで出ていった。

「豊後」

「上様、大納言どのの挑発にのられていかがなさる」

ふたたび詰問しようと呼びかけた家綱の機先を阿部豊後守が制した。

「な、なに……」

出鼻をくじかれた家綱が、戸惑った。

「たしかに、わたくしは上様を磨くに賢治郎を使いました」

「……では」

自白した阿部豊後守に、家綱が勢いこんだ。

「ですが、使い潰すつもりなどございませぬ。それはおわかりだと存じまする」

「今さら、弁明などとおらぬぞ」

「言いなどいたしませせぬ。すでに老境のわたくしが、なにを惜しんで許しを求めるとお考えか。わたくしは家光さまの御遺言にしたがって、上様をお育てして参りました。気に入らぬと仰せならば、この場でご解任下さいませ。ただちに屋敷へ帰り、家光さまのもとへいかせていただきまする。上様にはおわかりになられますまい。ご寵愛下さった主君の永久の旅路にお供できなかった者の哀れさが」

殉死できなかった寵臣の無念を阿部豊後守が告げた。

「…………」

これを言われては家綱も反論できなかった。

「上様、わたくしが生き恥をさらして参ったのは、ひとえに死して家光さまのもとへ行きましたおり、よくぞやったとほめていただきたいがため」

阿部豊後守が背筋を伸ばした。

家臣が背筋を伸ばすとき、主君も姿勢を正さなければならない。家綱も座りなおした。

「わたくしは、上様の臣ではございませぬ。わたくしは家光さまだけの家臣」

「……くっ」

主君たるに値しないと宣言された家綱が呻いた。

「おわかりか。家臣といえども人でござる。人はなにかなければ動きませぬ。わたくしが今まで上様の傅育をして参ったのは、すべて家光さまに褒めていただきたいがため。上様より一石の加増もいただきたくはございませぬ」

「…………」

冷たく切り捨てられた家綱が言葉を失った。

「これが寵臣でござる。上様は甘い。わたくしは上様のおためを思ってなどおりませぬ。それをまず、心にお刻みいただきましょう」

阿部豊後守が、遠慮なく家綱の心をえぐった。

「上様、わたくしが憎うございまするか」

「…………」

「お答えいただきまする。黙っていてはわかりませぬゆえ。ご返答なければ、わたくしは職を辞させていただきまする。そして、二度と上様の前には現れませぬ。家光さまには叱られましょうが、かまいませぬ。家光さまが、天上からご覧になっておられる。きっとお許しいただけましょう」

天井を突き抜けるように、阿部豊後守が見上げた。

「豊後……」

家綱の声が弱くなった。

「……………」

今度は阿部豊後守が無言になった。

「これも主君の試練であろうか。父とも思っていたそなたを……躬は憎んだ」

家綱が肩の力を落としながらも、答えた。

「けっこうでございまする」

阿部豊後守が首肯した。

「当然でございましょう。上様のご寵愛の家臣を道具扱いしていたとわかったのでございまする」

感情のない表情で、阿部豊後守が続けた。

「上様、まちがいなく、わたくしは賢治郎を利用しておりました」

「……………」

少し落ち着いたのか、家綱が黙って聞いた。

「わたくしにとって、賢治郎どころか、すべての大名、旗本は、家光さまの御遺言を果たすだけの道具でございまする。すべての有象無象は、上様を磨くだけのもの」

「そこまで……」

「それが天下人なのでございまする。一人の旗本が優秀な役人となるより、上様が天晴れ名君となられるほうが、どれだけ重要か」

驚く家綱を置いて、阿部豊後守が続けた。

「上様が天下の政をしっかりとおわかりになられる。これが、どれだけ万民のためになるか。百人の優れた役人が、仕事をこなすよりもはるかに大きい。たとえば、公明正大な者に町奉行をさせたところで、せいぜい冤罪《えんざい》を一つ、二つなくすだけでございましょう。しかし、上様は万余の民を救える。この価値の差にお気づきにならぬはずはございますまい」

「……………」

家綱が沈黙した。

「上様は天下でござる。その価値をおまちがえになってはいけませぬ。上様と比する価値があるのは、京の帝《みかど》のみ。それ以外は、すべて無価値とは申しませぬが、足下にも及びませぬ」

阿部豊後守が家綱こそ大前提だと告げた。

「それがたとえ、甲府公、館林公でも同じ。このお二人は家光さまのお血筋でございまするが、同じご兄弟の上様とは格が違いまする。弟君、あるいはお世継ぎのいない己の跡継ぎなどとお考えになられてはなりませぬ。たしかに、今、上様にお世継ぎさまはおられませぬが、それはそのときになって考えればすむこと。先を考えて、見過ごしていては、天下が鳴動いたしましょう」

「天下が……慶安の変がまた起こると」

家綱の瞳が揺らいだ。

慶安の変とは、由井正雪の計画した浪人蜂起計画であった。三代将軍家光の死を受けて混乱していた幕府の隙を狙った巧妙なものであったが、訴人のおかげで未然に防がれた。

「いえ。もっとたちが悪うございましょう。このままでは、なにをしても将軍の弟で、五代将軍の候補ゆえ咎められぬと思いあがった者が、ますます増長いたしましょう。そして、それに便乗する者も出て参りまする。叱りつける時期を逃せば、馬鹿どもは一層図に乗り、増えまする。そうなってしまえば、容易に鎮められなくなり、天下騒乱を招くやも知れませぬ」

「弟たちを叱れと言うか」

「はい。わたくしどもでもできまするが、執政といえども家臣に過ぎませぬ。どうしても次の将軍は吾こそと思いこんだお方には効き目が薄うございまする」

綱重、綱吉の二人を放置しておくなと、阿部豊後守が釘を刺した。

「さて、話を戻しましょう。上様も落ち着かれたご様子」

阿部豊後守が言った。

「躬を落ち着かせるため……」

天下の話となれば、将軍としては傾聴しなければならない。幼少から教えこまれ、家綱の習い性となったことを阿部豊後守は利用していた。

「でなくば、賢治郎めのこととなれば、上様はあっさり頭に血がのぼられますゆえ」

阿部豊後守が淡々と言った。

「……そうであったな」

家綱が納得した。

「ですが、今申しあげたことも事実で、重要でござる。ただ、深室賢治郎のことが急を要するだけ」

「わかっておる。近いうちに弟たちを呼びつけ、きっと叱る」

念を押した阿部豊後守に、家綱がうなずいた。

「では、もう一度申しあげまする。わたくしは深室を使って、上様を磨きました。松平を放り出され、深室に養子にやられた賢治郎は、道具として最適でございました」

「………」

少し眉をひそめたが、家綱は声を発しなかった。

「三千石寄合の息子を上様のお側に置く。これは将来の出世を約束するも同然」

寄合旗本は、それなりの家柄であり、要路に親戚も多い。使い捨てにはできなかった。

「しかし、六百石ていどの養子であれば、不要になった段階で適当に左遷すればすむ。そう考え、上様に賢治郎のことをお報せいたしました」

「そうだったのか。お花畑番を去ってから、まったく消息が知れなかった賢治郎のことが、いきなり躬の耳に入ったのは……」

「わたくしと松平伊豆守の手配りでございまする」

「そこから、躬は躍らされていたとはな……」

家綱が衝撃を受けていた。

「それが政というものでございまする。相手に裏を報せず、利用する」

悪びれることなく、阿部豊後守が述べた。

「そして、上様は、賢治郎という駒を得て、いろいろと動かれるようになった」

「駒……」

「違いますかな。月代御髪の任に世情視察などありませぬぞ」

抗議しようとした家綱の口を、阿部豊後守が封じた。

「ですが、それこそ、我らの望んだものでございまする」

「賢治郎を躬の耳目としたことがか」

「さようでございまする。無礼は今さら、遠慮なく言わせていただきまするが、上様は政から逃げておられた。無理もございませぬ。代を継ぐなり、天下転覆の慶安の変でございまする。家光さまがご存命の折りには、煙さえ上がっていなかった謀反の火が、いきなり燃えだした。新しき将軍は頼むに値せず、あるいは、敵ではない。こう宣言されたも同然でございます」

「…………」

言われた家綱が、苦い顔をした。

「要は拗《す》ねてしまわれた。政にふさわしくないというならば、人形でよかろうと上様は、政を人任せになさった。子供だった」

隠さず、阿部豊後守が述べた。

「それはよろしくないのでございまする。将軍が、お飾りになっては。政の実際は執政に任せてもよろしゅうございますが、最後の決断は上様がなさらねばなりませぬ。すべての法は、上様のお名前で発布されまする。そして、それが悪法であり、大きな被害が出たときの責は、法を作った執政ではなく、上様が取られなければなりませぬ」

「躬の責任だとわかっている」

「いいえ。その法のなす意味を理解しているか、どうか。これが大事なのでございまするぞ。庶民にしても、わけがわからず適当に上様が認めた法で、命を、財産を奪われてはたまりませぬ」

「たしかに」

家綱は納得した。

法は、庶民とは遠いところで作られる。その意見や望みは、まず一顧だにされない。が、その効力は、庶民を縛る。なぜ、こうなるのか、理解できなくとも、天下人が認めたならば、いたしかたないとあきらめるしかないのだ。そのあきらめを家綱は、理解していなければならなかった。

「政の隅から隅まで口出しする将軍。これが最悪でございまする。神でもない人が、一人でなにもかも完璧にできるはずなどございませぬ。そのうえ、己の好き嫌いが色濃く影響いたしまする。将軍親政……この響きにあこがれる天下人は、暗君でござる」

阿部豊後守が切って捨てた。

「その次に悪いのが、政すべてを人任せにする将軍でござる。ただし、これは優れた執政がいれば、それほど悪政に落ちませぬ。上様のために、身を粉にして働け、私欲を持たぬ者。得難い人物でございますが、あれば、その治世は後世讃《たた》えられましょう。もっとも、将軍が寵臣に丸投げして、女や贅沢に溺れてはそれまででございますが」

「躬が、そうなりかけていたと」

「…………」

確かめた家綱に、阿部豊後守が無言で肯定した。

「言われてみれば……そうだったの。政などどうでもよかった。最初、賢治郎に世間を見させたのも、二人だけの密事を持ちたかっただけだった」

幼なじみ、いや親友との紡げなかったときを、家綱は取り戻そうとしていた。だが、子供同士ならばできた同じ位置からの戯れは、もうできなくなっていた。二人きりで会うことさえできない身分の差が生まれていた。それを取り去ることはできない。秩序の崩壊となる。そして、秩序を崩壊させたとき、排除されるのは家綱ではなく賢治郎なのだ。

家綱は、ほんの少しでいいから、賢治郎と二人だけのときを過ごしたかった。そのための御髷番《おまげばん》であった。

「なれど、その戯れが瓢簞《ひょうたん》から駒、いや、絵に描いた餅が本物になった。江戸の城下での話を賢治郎から聞くたびに、庶民の生活がどんどん色づき、息をし出した」

「でございました。わたくしも伊豆守も上様のご様子が日に日に変わっていかれるのを瞠目《どうもく》しながら見ておりました。そして、それは賢治郎のお陰でございました」

阿部豊後守が優しい表情になった。

「そのことに気づいた我らの、賢治郎を見る目が変わりました。道具から使える者へと」

「あまり良い待遇になったとは聞こえぬの」

言いかたに家綱が文句を付けた。

「道具はいくらでも手に入りまする。使いかた、場所を考えれば、今ごろ御座の間の外でなかの様子を窺っている小姓どもでもどうにかなりまする。ですが、使える者は貴重でございまする。探すのは難しい。玉石混淆《こんこう》な幕府でございまする。それに玉を装う奴は多い。石のなかから玉を探す。それは、砂浜で一粒の金を見つけ出すよりも困難でございまする。深室賢治郎が、使えると悟った我らは、歓喜いたしました。我らの後を託せる者ができたと。とはいえ、深室はまだまだでござる。やはり磨かねば光りませぬ。ゆえにいろいろとあやつにさせて参りました」

「すり減ってしまうとは思わなかったのか」

少し、家綱の声が尖った。

「上様、両手で抱えられない大岩と、小指のさきほどの玉。どちらが値打ちがございましょう」

「玉じゃな」

「さようでございまする。大岩に値段はつきませぬ。そして玉は千金で求められましょう」

「賢治郎の値打ちをあげたと言いたいのか」

「そこまでわたくしどものしたことに、価値があると思いあがってはおりませぬが、深室はそれだけのものを見せました。捨てるには惜しいと思わせた」

阿部豊後守がしみじみと言った。

「なるほど。だから、躬から離そうとしたのだ」

ようやく家綱が理解した。

「あと少し磨けば、深室はまちがいなく上様の片腕となりましょう」

阿部豊後守が認めた。

「わかった。もうよい」

家綱が、阿部豊後守を許した。

「問題は……」

だが、阿部豊後守が続けた。

「その深室に大納言が目を付けました」

「今までもそうであったろう。二千石をくれてやるという話もあった」

険しい表情を崩さない阿部豊後守に、家綱が首をかしげた。

「あれは上様と深室をからかっておられただけでございましょう。しかし、今回は違いまする。大納言は本気でございました。でなくば、堀田備中守の同席など不要。いや、三浦長門守まで付き添わせる意味はございませぬ」

「三浦長門はわかるが、備中は奏者番であろう。同席して当然」

「大納言の指名だそうでございまする」

「指名……そんなことができるのか」

家綱が驚いた。

「横紙破りでございまする。今ごろ、堀田備中守は、芙蓉の間で先達より嫌みを言われておりましょう」

阿部豊後守が嘆息した。

「なぜ備中なのだ」

「恨みを利用したいのではないかと」

「正信のか」

家綱が頰をゆがめた。

「堀田備中守には、我ら執政衆への恨みがございまする。その備中守の恨みに火を付けた」

「むううう。ならば、備中を無役にするか」

頼宣の手に引っかかるわけにはいかないと、家綱が提案した。

「いえ。それはかえってよろしくございませぬ。備中守を無役にいたせば、今度は上様を呪いましょう。先代の寵臣、その遺児がご当代さまを呪うなど、つけこむ隙を与えるも同然でございまする」

阿部豊後守が首を左右に振った。

「備中守のことは、わたくしにお預けくださいませ」

「わかった。では、躬は弟二人を」

「お願い申しあげまする」

割れかけた親子に近い君臣の仲は、修復された。

「それに……」

「わかっておる。賢治郎のことだな」

先を家綱が読んだ。

「はい。大納言の手が出る前に、江戸から離しておきたく存じまする」

「大津町奉行か……寂しくなるが、賢治郎を玉として磨き上げるためじゃ」

家綱が認めた。

「ご心中お察しいたしまする」

深々と頭を下げて、阿部豊後守が御用部屋を後にした。

五

「偉くなられたものよ」

順番を飛ばされた井上河内守が、延々と堀田備中守をなぶっていた。

「いや、入り側におりましたところ、紀州大納言さまに……」

「大納言さまのお言葉でもお断りせねばなるまい。それが秩序というものであろう」

言いわけする堀田備中守を、井上河内守が抑えた。

「申しわけもございませぬ」

「悪いと思っておられるならば、けじめというのを見せていただきたいものよ」

頭を下げた堀田備中守に、井上河内守が下卑た笑いを浮かべた。

「けじめでございまするか。次の奏者番の当番は、河内守さまにお譲りいたしまする。さらにその次も」

堀田備中守が二度譲ると言った。

「それがけじめだと。さすがは先代さまのご寵愛深かった堀田さまのご子息どのは違う。いやあ、名誉の殉死のお家柄じゃ」

井上河内守が嫌みを口にした。

「それはかかわりのないことでございましょう」

触れられたくない傷に手出しをされた堀田備中守が語気を強くした。

「ほう。殉死の家は優遇される。でなくば、順番を二回譲るていどですむなどと思われますまい。奏者番の決まりを、ご貴殿は破られたのでござる。普通は、進退伺いを出して、謹慎されるくらいのことはしましょう。いや、拙者ならば、いさぎよく身を退いて、お詫びとしますぞ」

井上河内守が、ぐいっと顔を堀田備中守に近づけた。

「……辞めよと」

堀田備中守が井上河内守を睨みつけた。

「ご不満そうなお顔じゃの。先達である余に、それだけの目つきができる。それは格別な家柄だからであろう」

「……むうう」

堀田備中守が呻いた。

「さあ、ご寵愛の家柄、潔く先代さまのお供をし、いさぎよく腹を召された父君のお血筋はどうなさるのじゃ」

「悪かったの。いさぎよくなくて」

「えっ……」

背後から声をかけられた井上河内守が固まった。

「豊後守さま」

堀田備中守が、驚いた。

「意地汚く先代さまの御遺言で生き延びている儂に、堀田備中守を貸してもらうぞ、河内守」

「ひ、ひいいい」

暗に阿部豊後守を揶揄《やゆ》したのを聞かれていたと気づいた井上河内守が悲鳴をあげた。

「備中、つきあえ」

「はっ」

救い出してくれるなら誰でもいいと堀田備中守が、阿部豊後守の背後に従った。

「ああ、そうじゃ。河内守」

ふと思い出したように、阿部豊後守が足を止めた。

「な、なにか」

井上河内守が震えた。

「十年以上初役から出世せず、寺社奉行にもなれぬ者は、どうするのがいさぎよいのかの。教えて欲しいものじゃ」

そう言って阿部豊後守が芙蓉の間を出ていった。

「…………」

残された井上河内守が、崩れた。

「さて、馬鹿の相手で、余分なときを喰った」

入り側へ堀田備中守を誘った阿部豊後守が、話を始めた。

「なんの話かわかっておるな、久太郎《きゅうたろう》」

「…………」

久太郎は堀田備中守の幼名であった。父加賀守正盛の同僚であった阿部豊後守は、何度も堀田の屋敷を訪れており、子供だった堀田備中守をかわいがってくれた。その意味を読みとれぬようでは、執政としての未来はない。

「辛抱せよと」

「大納言の策にのるな。そなたは、まだあのことが忘れられぬか」

「……忘れられませぬ」

一瞬ためらった堀田備中守が絞りだすように言った。

「まあ、無理もない。そなたは連座じゃからな。それを儂も松平伊豆も止めなかった」

阿部豊後守が思い出すように目を閉じた。

「なぜでございまするか。豊後守さまも伊豆守さまも、父とは親しかった」

堀田備中守が問うた。

「三四郎、加賀守から頼まれていたのよ。堀田になにかあっても救いの手を出してくれるなとな」

「父がそのようなことを言うはずございませぬ」

堀田備中守が否定した。

「加賀守はさすがに父じゃ。吾が子のことをよく知っておった。かならず、不満を抱くだろうとな。上様のお供をせねばならぬとはいえ、子供のしつけがたらなんだと悔やんでいたわ」

阿部豊後守が嘆息した。

「………………」

「堀田家は家光さまのおかげで千石から十一万石まで立身した。それがなにを生み出すか、よく考えてみよ」

「ねたみでございますな」

阿部豊後守の問いに、堀田備中守はすぐに反応した。

「そうだ。そして、その出世をした加賀守や儂、伊豆守がなんと言われていたかも知っているな」

「知っておりまする。まだ子供であったわたくしも、聞こえよがしに言われましたわ。蛍大名と」

堀田備中守が苦い顔をした。

蛍大名とは、尻が光る蛍に引っかけて、将軍の男色相手を務めて出世した者への悪口であった。

「一応、儂と伊豆守は譜代だが、堀田家は違う。関ヶ原以降旗本として召し抱えられた織田《おだ》家の旧臣。その堀田家が譜代でも類のない大出世じゃ。どれだけ反感を買っていたかわかるか」

「それは……」

今も井上河内守からさんざんいじめられたばかりである。堀田備中守もわかっていた。

「あそこで堀田家をかばえばどうなる。まだ蛍は光っておると、かえって堀田家の立場は悪くなったであろう。正信を減封ていどで止めてみよ、儂や伊豆がいなくなったとたん、皆が牙が剝いてくるぞ。粗などいくらでも探せる。減封、転封、それを繰り返せば、藩などもたぬ。それをよく加賀守は見抜いていたのだ」

「だから兄を……」

「見捨てた。一人を切ったことで残りを助けるしかなかった。おぬしはまだよい。春《かす》日局《がのつぼね》さまの養子として、その遺産を継いでいたからな」

堀田備中守は、春日局の養子となっていた。これは、春日局が加賀守正盛の妻の義母にあたる関係であったことによる。義理の義理で血など繋がっていないが、堀田備中守は、春日局の孫にあたった。

「だが、脇坂《わきざか》家へ養子に出たそなたの兄安政《やすまさ》などどうする。世間の非難が高まれば、養家を絶縁されることもありえたのだ。脇坂家と堀田家は加賀守の弟安利《やすとし》が養子に入っていたこともあり、二重の縁を持っていたとはいえ、どうなるかわかるものではない」

堀田加賀守の次男安政は、叔父の早世を受けて脇坂家の養子となっていた。世間の指弾が強くなれば、二重の縁などないも同じになる。養家を不縁になることは、さほど珍しいものではなかった。

「では、わたくしたちを助けるため」

「…………」

確かめるように言った堀田備中守へ、阿部豊後守は無言で首肯した。

「同じ若い者ならば、儂とて三四郎の子がかわいい。久太郎、まだ世間は家光さまのご寵愛であった堀田家を忘れておらぬ。だが、それもあと少しじゃ。最後の遺臣である儂が死ねば、家光さまのお名前も薄れよう。そうなれば、殉死者の家柄との色も薄れよう。能ある者が引き立てられるは当然。上様に久太郎の名前をお話ししておく」

「わたくしの名前を」

堀田備中守が息を呑んだ。

「うむ。ゆえに、動くな。大納言に近づくな」

「わかりましてございまする」

堀田備中守が納得した。

「あと、愚かな者の誹謗《ひぼう》中傷も気にするな。おぬしの後ろには儂がいる」

井上河内守など相手にするなと阿部豊後守が釘を刺した。

「かたじけのうございまする」

「では、戻れ」

「はっ」

一礼して、堀田備中守が芙蓉の間へと姿を消した。

「……執政になるのは、能力だけではないのだ。上からの引きがなければ、どれだけ己に自信があっても、老中には届かない。さらにその先、三四郎が至った大政参与は、上様のご寵愛がなければなれぬ。深室へそなたが仕掛けたこと、上様が聞かれたらどう思われるかの。少なくとも、上様の代では、そなたは父に及ばぬことになる。人の届かぬ高見に上る方法はただ一つ。人の数倍勉学をし、実学に励み、好かれなければならぬ。三四郎、すまぬな。そなたの血、続けるのが精一杯だわ」

寂しそうに、阿部豊後守が呟いた。

「さて……」

阿部豊後守が気を変えるように頭を小さく振った。

「次は、もう一人の馬鹿だな。寄合旗本一つ、潰す」

あたりまで凍り付くような声で、阿部豊後守が口にした。

第五章　新たな出

一

凱旋報告がない。

「失敗したのか。堀田備中守さまの紹介だったわりに、情けない」

松平主馬は、駒形の威兵衛の顔を二日見なかったことで、賢治郎の排除がならなかったと理解した。

「備中守さまにお話しせねばなるまい」

威兵衛を斡旋《あっせん》したのは堀田備中守である。松平主馬は、駕籠を用意させて、堀田備中守の屋敷を訪れた。

「寄合松平主馬でござる。備中守さまへお目通りを願いたい」

身分としては、ともに徳川の家臣で同格になる。とはいえ、役付と無役ではその持つ権に差がある。松平主馬は辞を低くして、面会を求めた。

「主、あいにく来客中でございまして。日をあらためていただきますよう」

出てきた用人が、あっさりと断った。

「松平主馬でござる。吾が名を備中守さまにお伝えくださったか」

「今日はどなたがお見えでも、お断りせよとの諚《じょう》でございまする」

用人は取次さえ拒絶した。

「駒形の威兵衛の一件でござるぞ」

屋敷のすべてを差配する用人ならば、知っているはずだと松平主馬が強く言った。

「どのような用件でも同じでございまする」

用人は顔色一つかえなかった。

「きさまごときで判断できることではない。備中守さまに直接お話をする」

業を煮やした松平主馬が、押し通ろうとした。

「屋敷の門は、城門と同じ。それを破ると」

用人の声が低くなった。続けて玄関番たちが、槍《やり》を構えた。

「誰に向けている。寄合旗本へ槍を向けるなど、御上に逆らうも同じぞ」

松平主馬が激した。

「奏者番の屋敷に無体を仕掛けて、無事ですむとでも」

冷たく用人が告げた。

「殿……この場は。会わぬと言われておられるわけではございませぬ。日を変えるようにとのお話でございまする」

松平主馬の後ろで控えていた供頭が、制した。

「わかっておるわ。だが、一刻を争うのだ」

供頭へ、松平主馬が言い返した。

「ここで争っては、こちらが不利でございまする。他家の門前で騒動を起こすのは……」

頭を冷やせと、暗に供頭が促した。

「……むうう」

松平主馬が唸った。

「では、明日に」

「申しわけございませぬ。明日は当番でございますれば、備中守は城中に詰めておりまして」

翌日にと望んだ松平主馬へ、用人が首を左右に振った。

「こちらから、お報せいたしまする。では、お帰りを」

呼ぶまで来るなと述べて、用人が慇懃《いんぎん》に頭を下げた。

「きさまの顔覚えた。しっかり今日の無礼は、備中守さまに申しあげるぞ。覚悟しておけ」

怒りを言葉にのせて、松平主馬が背中を向けた。

「そうだ。お城ならば、あの用人の邪魔もない」

松平主馬が駕籠のなかで手を打った。

翌朝、江戸城へあがろうとした松平主馬は、大手門で止められた。

「お待ちあれ」

「なんじゃ」

松平主馬が声をかけた書院番に顔を向けた。

江戸城の諸門は、大番と書院番士によって警衛されている。とくに重要な大手門は、書院番の他に甲賀《こうが》与力が配されていた。

「寄合松平主馬どのであるな」

「いかにも」

確認に、松平主馬が首肯した。

「無役の貴殿の登城は認められぬ」

書院番が入門を拒んだ。

「なにを……今まで、通れたではないか」

松平主馬が驚いた。

それも事実であった。いや、無理もなかった。江戸城には、何百という役人がおり、数百の大名も出入りする。いかに、大手門担当の書院番とはいえ、そのすべての顔を知るはずもなく、通行は黙認されていた。

「不意登城であろう」

「急になぜだ」

書院番の指摘に、松平主馬が問うた。

「急ではない。今まで見逃されてきただけである。今日より厳しくいたせと御老中さまよりの命により、御用と許しのない者の登城は認められぬ」

「御老中さまの……」

松平主馬が少し気押《けお》された。

「拙者は奏者番堀田備中守さまとお話が……」

「城中ですることではなかろう。備中守さまに目通りを求めるならば、お屋敷へ行かれよ」

書院番が松平主馬の要望を一蹴した。

「今日だけ見逃してくれぬか」

「できるはずなかろうが。さあ、戻れ。これ以上言うならば、目付の衆を呼ぶ」

頼む松平主馬を書院番が切って捨てた。

「目付……」

松平主馬が震えた。

「念のために申し添えるが、他の御門も同じである。貴殿のことは触れとなってだされておるゆえな」

書院番が、他の門からの進入も無理だと伝えた。

「儂だけ……なぜ」

「…………」

目を剝いた松平主馬に書院番は沈黙を返した。

「通行の邪魔だ。下がれ」

書院番が厳しい声で命じた。

「………」

城の大手門は、顔である。そこでのもめ事は、寄合旗本でも潰された。松平主馬がすごすごと帰路に就いた。

「大手より、追い返したとのことでございまする」

顚末はすぐに阿部豊後守へと報告された。

「うむ」

小さく阿部豊後守は首肯した。

「上様にお目通りを求める」

阿部豊後守が、御座の間へと足を進めた。

「来たか」

家綱が阿部豊後守の姿を認め、手招きした。

「深室もおったか」

家綱の後に賢治郎が控えているのを、阿部豊後守は見つけた。

「そのほうがよかろう。月代を終わらせた後も、躬が残したのだ」

「仰せのとおりでございまする」

阿部豊後守が同席を認めた。

「上様から伺った。娘は大事なかったそうじゃの」

「ご心配をおかけいたしましてございまする」

昨日の朝、家綱のもとに伺候した賢治郎は、あったことを順に報告した。その内容は、家綱から阿部豊後守へともたらされていた。

「めでたいことであるが……」

阿部豊後守が表情を厳しいものにした。

「お役をないがしろにするなど、論外である。それで上様の盾となれると思うてか」

鋭く阿部豊後守が、賢治郎を叱責した。

「申しわけもございませぬ」

言いわけの利くことではない。賢治郎はただ詫びた。

「怒ってやるな。昨日、躬がさんざんいじめた」

家綱がかばった。

「甘やかしてはなりませぬ」

阿部豊後守が首を左右に振った。

「甘やかしてなどおらぬわ。今後、躬の命には決して逆らわぬと言質を取った」

「ほう……真《まこと》か、賢治郎」

「はい」

「どのようなことでも否やは言わぬそうじゃ」

楽しそうに家綱が告げた。

「それはよろしゅうございますな」

阿部豊後守も笑った。

「さて、深室へなにをさせるかは、後ほどの楽しみといたしまして……」

話をもとに戻して、阿部豊後守が松平主馬のことを語った。

「おろか者め。まだ備中ごときにすがるとは……」

「兄上……」

家綱と賢治郎がそろって嘆息した。

「潰すぞ」

「はい」

家綱と阿部豊後守が顔を見合わせた。

「…………」

さすがに賢治郎もかばう気はなかった。

「とはいえ、松平ほどの名門を潰すのは惜しい」

「先祖をたどれば、徳川のお家に繋がりまするし」

将軍と老中が二人で話を進めていった。

「血筋の者を探し、名跡と先祖の祀りを継がせるとすべきであろう」

「おおせのとおりでございまする」

家綱の提案に阿部豊後守が首肯した。

「……まさか」

賢治郎は二人の会話にできあがった雰囲気を感じ取っていた。

「わかっておるようじゃの。そなた、松平の姓に復せ」

「ですが、わたくしは松平から義絶された身でございまする」

家綱の言葉に、賢治郎が無理だと首を横に振った。

「……………」

じっと冷たい目で家綱が、賢治郎を見た。

「ここにも馬鹿がいたな」

阿部豊後守があきれた。

「えっ……」

予想外の反応に、賢治郎は戸惑った。

「たかが寄合旗本の当主と上様の御諚、どちらが重い。比べることさえ無礼であろうが」

阿部豊後守が賢治郎をたしなめた。

「申しわけございませぬ」

ようやく気づいた賢治郎は、平伏した。

「わかったな」

「はい」

逆らわないとの約束がある。賢治郎はすなおにうなずいた。

「松平の三千石はやらぬ。そなたは、別家したばかりじゃ。あまり派手なまねはよろしくない。ただ、躬の命で松平の姓に復しただけとせい」

「わかりましてございまする」

家綱の指示に、賢治郎は従った。

「で、誰に伝えさせる。目付はよろしくなかろう。目付を行かせれば、松平の名前に傷が付く」

目付は旗本の非違を暴く。目付が来ただけで、世間の見る目が変わるほど影響は大きい。

「とくに賢治郎にはよろしくございませぬな。なにせ、養家が罰を受けたばかりでございまする。そのうえ、絶縁状態にあるとはいえ、兄にまで咎がいけば、さすがに役を辞さぬというわけには参りますまい」

阿部豊後守も家綱の懸念を認めた。

絶縁した以上かかわりはない。これは正論である。が、世間はそうはとらなかった。なにせ、賢治郎は家綱の寵臣なのだ。これから一層の出世が待っている。それこそ、千石から十一万石まで駆けた堀田加賀守正盛以上の立身もありえるのだ。

他人の栄達を喜べる者はすくない。まして少ない役目を奪い合い、少しでも手柄を立てて加増をと願っている者ばかりの城内である。喜ぶどころか、妬《ねた》み憎んで、どうにかして足を引っ張ってやろうとする。

賢治郎にとって松平主馬の一件は、まさに狼の前に肉を置いたようなものであった。

「腹切らすわけにもいかんか。ここまで賢治郎を狙い、追いつめただけでなく、旗本とは思えぬ所行を繰り返したというに」

家綱が無念そうに言った。表沙汰にできないのだ。松平主馬に家綱は、なんの罰則も与えられない。

「お任せいただきましょう」

阿部豊後守が口にした。

「頼む」

「お願いいたしまする」

家綱と賢治郎が応じた。

「よし、下がってよいぞ、賢治郎。あまり長いと、苦情を言う者が出かねぬ」

老中との密談に一人同席させたとあれば、周囲の反感は強くなる。家綱は、賢治郎を途中退席させることで、それを緩和させようとした。

「はい」

すなおに賢治郎は御座の間を出ていった。

二

賢治郎を外した家綱と阿部豊後守が密談を再開した。

「で、どうする」

「堀田備中守を使いまする。あやつに責任を取らせましょう」

阿部豊後守が進言した。

「備中をか。あれも同じ穴の狢《むじな》であろう」

家綱が嫌そうな顔をした。

「だからでございまする。執政は、己の手出ししたことの責を取らねばならぬ。それを思い知らせまする」

厳しい口調で阿部豊後守が言った。

「責を取るのは躬であろう」

将軍が最終責任者であると家綱が述べた。

「上様に悪名を押しつけて、執政が無事でいられるわけなどございますまい」

阿部豊後守が淡々と答えた。

「そうだな」

「備中守に、そのことを知らしめようと思いまする。ただ執政という名へあこがれた子供の、権を渇望した愚かな男の覚悟のなさを教えてやらねばなりますまい。それが、先達の役目でございまする」

「苦労をかけるな」

家綱がねぎらった。

「わたくしもしてもらったことでございまする。土井大炊頭さまから叱られたことを思い出したのか、阿部豊後守が苦笑した。

土井大炊頭利勝は、二代将軍秀忠の御世、大政参与として幕政を預けられた能吏であった。

「天下とともに大炊頭を譲る」

こう秀忠に言わしめた土井大炊頭は、三代将軍家光の治世を見守り、酒井雅楽頭忠勝、松平伊豆守、阿部豊後守らを一人前の執政に育てた。

「夜中に呼び出され、朝まで叱られましたわ」

「豊後がか」

家綱が驚いた。

才気では松平伊豆守に及ばぬ代わりに、阿部豊後守は落ち着いていた。一を聞いて百を知るとまで言われた松平伊豆守は、政においての功績も多いが、理詰めで物事を進めすぎて失敗もした。とくに人選での誤りが多かった。島原の乱で総大将を途中で変更したことなど、その典型例であった。最初の総大将である板倉重昌《いたくらしげまさ》は、その座を松平伊豆守に奪われたと知ったあと、無理な突撃をおこなって戦死した。これは、板倉重昌の名誉を考えなかった松平伊豆守の失策であった。

対して阿部豊後守は、これといって目を見張るだけの功績を持っていない。と同時に他人から誹《そし》られる失敗もなかった。なにをするにも熟考し、ゆっくりと推し進めていく。

二人の資質の差をわかっていたからこそ、三代将軍家光は、松平伊豆守を老中首座として己の補佐に使い、阿部豊後守に家綱の傅育をゆだねたのだ。

「いけませぬな。歳《とし》を取ると己が未熟であったころを懐かしんでしまいまする」

阿部豊後守が笑った。

「そうか」

家綱はそれ以上の感想を口にしなかった。

「松平主馬は、病気療養。実家で押しこめでよろしゅうございますな」

「うむ。そうせねば、松平を潰さねばならぬ」

淡々と言う阿部豊後守に、家綱が首を縦に振った。

「二年のち、松平主馬は病死。家督を賢治郎に継がせまする」

「禄もだな」

「はい。ただし、本家を継いだのでございますれば、別家の三百石は召しあげまする」

「当然じゃ」

別家は、一人の武士を主家の手助けで立たせる行為である。別家が本家を継げば、その助けは不要になる。もちろん、そのまま禄を合算するときもあるが、ほとんどは収公された。

「三千石あれば、遠国奉行を経験した賢治郎を、側役にできましょう」

側役は、将軍の政務を助ける役目のことだ。老中との会話に立ち会ったり、将軍の指示を受けて役人に実情を問い合わせたりする。側役の最中になにか手柄があれば、加増を繰り返し、大名に引きあげることもできる。

「ただし、わたくしが手を出すのは、そこまででございまする。それより先は、上様と賢治郎の間でお願いいたしまする」

「わかった」

阿部豊後守のつけた条件を家綱が認めた。

「叔父御はどうする」

頼宣への対応を家綱が問うた。

「どうもいたしませぬ。放っておいても、数年で立つだけの気力を失われましょう」

「あの叔父御が、気概をなくすと」

家綱が驚いた。

「老いは誰にでもひとしく訪れまする」

当たり前のことだと阿部豊後守が述べた。

「戦国往来の生き証人ぞ」

「だからでございまする。今、天下に戦国を知っておる者がどれだけおりましょう」

乱世を生き抜いてきた武将だぞと言う家綱に、阿部豊後守は告げた。

「何人かはおろう」

「上様の仰せられるとおり、おそらく百もおりますまい。おわかりでございましょうか。かつては全員が乱世を知っていた。それがここまで減った。これはときの摂理でございまする」

「ときの摂理……」

「はい。これには誰も逆らえませぬ。それがたとえ上様であろうが、帝であろうが……事実、神君家康さまもこれにだけは勝てなかった」

「むうう」

家綱がうなった。

「たしかに大納言さまは脅威でございまする。同数で戦いを挑んだなら、おそらく天下で勝てる者はおりますまい」

「…………」

家綱は黙って聞いた。

「ですが、数で戦えば、紀州では上様に勝てませぬ。いや、たとえ御三家が手を組んだところで、上様の相手にはなりませぬ」

「それはそうだが……」

紀州は五十五万石、御三家をすべて合わせても百五十万石に届かないのだ。徳川四百万石の敵ではなかった。

「島津や毛利などが与《くみ》さぬとはいえまい。なにせ、叔父御は神君家康公の遺児じゃ。旗印にはもってこいであろう」

危惧《きぐ》を家綱が口にした。

「勝てぬ戦にのる者などおりませぬ」

あっさりと阿部豊後守が否定した。

「勝ち馬に乗った。あるいはときの流れを読んだ。そのどちらかができた者だけしか、今残っておりませぬ。たしかに先祖の功を無にする阿呆もおりますが……加藤とか、最上とか」

加藤は秀吉の一族で肥後一国の太守にまで出世した清正《きよまさ》の息子忠広《ただひろ》のことであり、最上とは黒狐と称された戦国の梟雄義光《きょうゆうよしみつ》の孫義俊《よしとし》のことである。ともに先祖の武功で大領を相続しておきながら、愚行あるいは家中を取り仕切れず、所領を取りあげられた。

「しかし、そんな愚か者など、どれだけおろうとも有象無象。かえって邪魔なだけでございまする。しっかりと世の動きを見られる者は、決して大納言さまに与しませぬ」

阿部豊後守が断言した。

「むうう」

「老い先短い者に夢くらい見せておやりなさいませ」

「天下取りが夢か」

家綱があきれた。

「五十年前ならば、届いたかも知れませぬ。まだ、大納言さまが駿河《するが》にいたときならば。戦国の気風在りし、自ら立つ者を認め、その願いに命を預けることのできた男たちがいたころならば」

「そんな男たちはもうおらぬか」

「はい。いや、おりましたな。賢治郎の馬鹿が。せいぜい、あやつくらいでございまする」

「……そうか、賢治郎は馬鹿か」

「はい」

阿部豊後守が保証した。

「だからこそ、大納言さまが賢治郎を欲しておられる。己の残してきた後悔を取り消すために」

「後悔……」

「さようでございまする。わたくしも詳しくは知りませぬ。その場にいたわけではございませぬから。ですが、土井大炊頭さまよりお聞かせいただきました」

そこで阿部豊後守が一度息を継いだ。

「秀忠さまが、広島へ移封させた浅野の代わりに大納言さまを紀州へとお申し付けになられたことはご存じでございましょう」

「ああ」

確認する阿部豊後守に、家綱がうなずいた。

「あれは、無理だったのでございまする」

「無理……将軍の命であろう」

家綱が首をかしげた。

「将軍の命でも、神君家康公の御遺言には勝てませぬ。大納言さまに家康さまは、駿河一国と城そして家臣団をお譲りになった。それを取りあげることは、秀忠さまにはできませぬ。すれば、己が譲られた天下を誰かに取られても文句が言えなくなります る」

「…………」

「だから秀忠公は、大納言さまの付け家老たちを口説《くど》き落とし、裏切らせた。もし、あのとき、安藤帯刀らが大納言さまをお守りしていれば、天下はどうなっていたか」

「揺らいだと申すか」

「当然でございましょう。少なくとも尾張、水戸、そして越前ら一門大名たちは、大納言さまについた。なぜならば、いつ己に同じことが降りかからないとは言えぬのでございまする。尾張から九州へ、水戸から奥州へ移されるかも知れない。父から与えられたものを兄が奪う。それも天下というなにものにも代え難い宝を受け継いだ兄が、与えられなかった弟たちから奪おうとしているのでございますから」

「そうか。祖父秀忠さまは、長子ではないからじゃな」

家綱が納得した。

秀忠は家康の三男であった。すでに死している長男、四男を除いても長子ではなかった。そして、長子相続でないならば、誰が家督を継いでも良いはずだった。それを家康が、秀忠を選んだことで天下人となった。

「家康公の遺志を秀忠さまはゆがめた。非は秀忠さまにある。もし、付け家老だけでなく、家臣の誰か一人でも、大納言さまに命を預けていたならば、駿河から紀州への転封は消えたでしょう。もっとも、後日、それ以上の無理難題が押しつけられたでしょうが。秀忠さまは、逆らった者を許さないお方でございました」

「逆らった者などいたのか……」

家綱が疑問を呈した。将軍に敵対するような愚行をする者がいるとは思えなかった。

「はい。一人だけ」

「誰だ」

当然のように家綱が問うた。

「神君の家康さまでございまする」

「な、なにを申す」

家綱が絶句した。

「おわかりではございませんか。家康さまといえども、将軍を秀忠さまに譲られた以上は、隠居でございまする。そして、隠居は当主に従うもの」

阿部豊後守が告げた。

武家にとって、大切なのは当主である。たとえ先代であろうとも、当主でなくなった者は、遠慮しなければならないのが決まりであった。

「馬鹿を申せ。家康さまが秀忠さまになにをなさったというのだ」

まだ家綱が信じられないと言った。

「おわかりでございましょう。家康さまは、秀忠さまが次男家光さまではなく、弟の忠長《ただなが》さまに天下を譲ろうとしたのを、止められた」

阿部豊後守が答えた。

二代将軍秀忠は、おとなしく覇気のない家光よりも、活発な忠長をかわいがった。正式に忠長を跡継ぎとして指名してはいなかったが、誰もが気づくほどその気持ちを明らかにしていた。それを家康がひっくり返した。

「徳川の跡継ぎは、長子相続である」

そう言った家康は、家光を三代目として遇し、忠長を家臣として扱った。天下を徳川にもたらした家康の宣言に、秀忠はしたがうしかなかった。

「その腹いせかどうかはわかりかねまするが、秀忠さまは家康さまがもっとも慈しまれた大納言さまをいじめられた。それが、紀州移封でござった。ひょっとすると、家康さまが死んだことを確かめようとなさっただけかも知れませぬが……」

「どういう意味じゃ。叔父御が紀州へ移ったのは家康さまが亡くなってからであろう」

「人は死ねばそれで終わりではございませぬ。菅原道真公をご覧あれ。死んでからのほうが有名でございましょう」

「なるほどの。祖父秀忠さまは、家康さまのご威光がまだ残っているかどうかを確かめたかったのだな」

「ご賢察でございまする。遺領を譲られた大納言さまに手出しをすることで、世間がどう反応するかを見た」

阿部豊後守が認めた。

「それはあれか、父家光さまを将軍世子から外すためか」

「おそらく。世間が非難せず、唯々諾々《いいだくだく》と従うならば、家光さまを廃し、忠長さまを新たな将軍世継ぎとなさるおつもりだったのでございましょう」

「叔父御の異動は問題なく終わったのだろう。ならば、なぜ父家光さまの排除をしなかったのだ」

家綱が疑問を口にした。

「おわかりでございませんか。先ほど、わたくしが申しました。天下とともに……」

「土井大炊頭か」

「さようでございまする。大政参与であった土井大炊頭さまが、秀忠さまを諌められた。これ以上、家康さまの権威を傷つけるのは、天下という大樹の根元に斧《おの》を打ちこむも同じだと」

「それを秀忠さまは受け入れたのか」

「受け入れざるを得なかったでしょう。土井大炊頭さまがその気になれば、秀忠さまでは抑えられませぬ。大政参与の力は、ときと場合によって将軍を上回りまする。それに家康さまのお名前が加われば……まだ、天下には家康さまと戦った大名たちが残っておりました。伊達政宗など、秀忠さまより家光さまに近い者もおりました」

「勝てぬと踏んだのだな、秀忠さまは」

「はい。そして折れた秀忠さまは、将軍位を家光さまに譲られた」

秀忠は死ぬ前に将軍を家光に譲り、大御所となって江戸城西の丸へ移った。

「もっとも、それ以降もいろいろと口出しはなされましたがな」

家光の執政として、治世に邁進《まいしん》していただけに、大御所となった秀忠から無理を言われた経験も多い。阿部豊後守が微妙な顔をした。

「ご苦労であったの」

家綱が慰めた。

「では、わたくしはこれで」

「うむ。下がって……」

退出を許そうとした家綱が、言葉を切った。

「なにか」

「深室の娘はどうする。命をかけて取り返したのだろう。引き離すのは難しいぞ」

家綱が三弥のことを口に出した。

「あきらめさせたはずだったのでございますが……」

大きく阿部豊後守がため息を吐いた。

「女を守るのは男の性《さが》じゃ」

「わたくしには、わかりませぬ」

幼いころ家光の男色相手をしていた阿部豊後守は、家を残すために妻を娶《めと》り、側室も置いたが、子供が生まれた後は、ほとんど女のもとへかよわなくなっていた。

「まあ、人それぞれだからの。豊後の考えに躬はなにも言わぬが……」

家綱がなんとも困った表情を浮かべた。

「上様としては、いかがお考えになられまするか」

結末を阿部豊後守は、家綱へゆだねた。

「深室の娘はいくつであった」

「まだ十五には届かぬはずでございまする」

問われた阿部豊後守が答えた。

「幼すぎるというわけでもなく、歳行きがすぎるわけでもないな」

家綱が思案した。

大名の娘のなかには七歳や八歳で嫁に行く者もいる。三弥が幼すぎるとは言えなかった。

「ちょうどよかろう。二年ならばな」

「二年ということは、賢治郎が戻ってくるまで」

「うむ。躬が預かろう。大奥へあげさせろ」

気づいた阿部豊後守に、家綱が告げた。

「気に染まぬ家の娘を大奥へ……深室の悪名が高まりますぞ」

叱られた主君に娘を差し出して、機嫌を取り結ぼうとしていると世間は受け取る。

そう阿部豊後守が述べた。

「言いたい者どもには、言わせておけ。躬が、そのていどのことで懐柔されると考えているような輩など、どうでもよいわ」

家綱が気にしないと言った。

「では、そのように」

阿部豊後守が家綱の意見を採用した。

「やれ、豊後は狸よなあ」

家綱が阿部豊後守の去っていった先を見つめた。

「深室の娘を大奥で保護するという話を反対せんかった」

一人になった家綱が眉間にしわを作った。

「大奥は終生奉公。一度大奥へ上がれば、親の死に目にも会えぬのが決まり。あえてそれを口にしなかったのは、深室の娘と賢治郎を切り離すため」

なんとも言えない哀しい目を家綱がした。

「そこまでして賢治郎に、良家の娘を娶らせたいか。たしかに寵臣は主君の寵愛だけで立身する者。後ろ盾などない者ばかり。そのような者に政を任せる。主君の手前、表だっての反発はないだろうが、陰では……面従腹背の嵐であろう。それを少しでも抑えるためには、譜代名門あるいは外様《とざま》大藩と縁を結ばせるのが最善手。躬もそれくらいはわかっている。だが、それでよいのかの」

家光の寵臣だった堀田加賀守正盛は大老酒井雅楽頭忠勝の娘を正室に、阿部豊後守は家康麾下《きか》の猛将で家光の守り役を務めた戸田康長《とだやすなが》の娘を継室としており、松平伊豆守は、老中井上正就《いのうえまさなり》の娘を娶っていた。

「政で疲れ、屋敷に戻っても癒されることなく、身分高き妻の機嫌を取る。これでは、賢治郎が休まる間もあるまいに」

家綱が小さな吐息を吐いた。

「しかし、阿部豊後守も気づいておらぬな。無理もないか。父と男色で結びついた寵臣には、思いもつくまい。主君の側室を寵臣に下賜するという手がある。深室の娘を躬から賢治郎へ与える形をとる。これは躬の胸先だけでできる。老中どころか、賢治郎の意思さえも無視できるのだぞ」

かすかに家綱が笑った。

三

阿部豊後守は御用部屋の前を通過し、少し離れたところで通りがかったお城坊主を止めた。

「奏者番堀田備中守をこれへ」

「御用部屋でお待ちになられまするか」

呼び出しを命じた阿部豊後守にお城坊主が確認した。

「いや。黒書院溜へ来させよ。ああ。他の者に知られぬようにいたせ。言わずもがなだが、そなたも口を閉じよ」

阿部豊後守が口止めをした。

「もちろんでございまする」

お城坊主が強く首肯した。

「もし、漏れたならば……。いや、脅さずともよかったわ。そのときは、そなただけでなく、一門全部が二度と口がきけぬであろうからの」

「ひっっ」

阿部豊後守の圧迫に、お城坊主が震えあがった。

お城坊主は口が軽い。城中であったこと、見聞きしたことを小遣い銭稼ぎに売って歩く。執政として禁じなければならない悪癖ではあるが、己もそれを利用して出世してきただけに、強固な規制もできず、放置されていた。

「わかったならば、行け」

「は、はいっ」

お城坊主が駆けだしていった。

黒書院溜は、二十四畳と本間である上段の間よりも広い。黒書院のなかで唯一庭へ張り出すようになっており、三方が隔離されていた。そのため、密談をするに適しており、いつのころからか、老中と役人の打ち合わせに使用されるようになっていた。

「こちらでござるか、御免」

お城坊主に先導された堀田備中守が黒書院溜に現れた。

「ここまで来い」

その最奥で阿部豊後守は手招きをした。

「遅くなりましてございまする」

小腰を屈《かが》めて、近づいた堀田備中守が詫びた。

幕府の決まりで、老中はその執務時間が短い。それだけに多忙を極める。堀田備中守が阿部豊後守が待っていたことに恐縮した。

「よい。余が呼び出したのだ」

手を振って謝罪は不要だと伝えた阿部豊後守が、すぐに用件へ移った。

「そなた寄合旗本の松平主馬と親しいそうじゃの」

「……親しいというほどではございませぬ。城中で何度か顔を合わせたことで話をするようになったていどでございまする」

いきなり出された松平主馬の名前に一瞬遅れた堀田備中守だったが、否定の言葉を続けた。

「余の目を節穴だと思うのか」

阿部豊後守が氷のような声を出した。

「…………」

堀田備中守が黙った。

「そうか。ご苦労であった。帰ってよいぞ」

あっさりと阿部豊後守が、終わりを告げた。

「えっ……」

「執政になる者は、己の後始末ができねばならぬ。政の失敗は上様のお名前に傷を付けるからな。それができて初めて、執政たる資格があるといえる。残念だ。上様にそなたには、執政たる素質なしと言わねばならぬとはな」

「お、お待ちを」

将来の出世を閉じる。そう宣言した阿部豊後守に、堀田備中守が顔色を失った。

「後始末をすると」

「いたしまする」

堀田備中守が、何度も首を縦に振った。

阿部豊後守の家綱への影響力は大きい。阿部豊後守が、堀田備中守の話を家綱にすれば、少なくとも将軍代替わりまでは、若年寄以上の出世はなくなった。

「腹を切らせず、どういたせば」

堀田備中守が問うた。

「ふむ。切腹ではつごうが悪いとわかるか」

「はい。義絶したとはいえ、松平主馬が深室賢治郎の兄だということは皆が存じておることでございますれば」

阿部豊後守の求める答えであった。

「病気として、座敷牢に閉じこめよ。無役の寄合じゃ、数年、登城しなくとも誰も気にせぬ」

「数年……」

「そこからは、そなたの知るところではない」

賢治郎の出世を気にしようとした堀田備中守を阿部豊後守が制した。

「はっ」

堀田備中守が頭を下げた。

「そなたのしたこと、上様はご存じである」

「ひうっ」

告げられた堀田備中守が、妙な声を漏らした。

「だが、それも上様と賢治郎を磨く糧となった。安心せい。余が上様に取りなしておいた」

「かたじけのうございまする」

堀田備中守が平蜘蛛のようになった。将軍に憎い奴と目を付けられるなど、大名として終わったも同然である。それを避けられた堀田備中守が感謝したのは当然であった。

「だが、それも今までのことだけぞ。今日からのことは弁護してやらぬ」

過去は水に流してやるが、次はないと阿部豊後守が釘を刺した。

「承知いたしておりまする」

堀田備中守が額を畳に押しつけたままで、口にした。

「そなたは家光さま最大の寵臣であった加賀守正盛の血を引く。家光さまお取り立ての家柄である。よって、そなたの忠誠は、家光さまのお血筋だけにある。わかるな」

「はい」

阿部豊後守の話を堀田備中守は肯定した。

「あと余は数年しか上様をお支えできぬ」

「そのようなことは……」

「ふん。寿命は誰にも左右できぬ。余は死ぬことを怖れぬ。死は誰にも訪れる。家光さまでさえ、避けられなかったのだ。ただ心残りなのは、上様の跡継ぎを見られないことだ。先日、御台所《みだいどころ》さまご懐妊という噂を流したのは、余である。偽りで、上様に手向かいする愚か者たちをあぶり出すためであったが、余の願いでもあった」

寂しそうに阿部豊後守が述べた。

「上様はまだお若い。きっとお世継ぎが……」

「今までできなかったのだぞ。一人でもお生まれに、いや側室の誰かでも懐妊してくれたならば、次も期待できよう。だが、その気配さえない。難しいだろう」

励まそうとする堀田備中守に、阿部豊後守は首を左右に振った。

「寿命と同じで、子を授かるかどうかも天命であり、人の力でどうこうできるものではない」

「……………」

堀田備中守が黙った。

「余も老いた。人は皆老いる。老いは恐ろしいものだ。まだ若いそなたではわかるまいが、できたことができなくなる。見えていたものが、見えなくなる。覚えていた名前がでてこない。最盛期の己を覚えているだけに、辛い。だが、老いのよいところは、若い者の成長を見られることだ。年寄りの強みは経験じゃ。己が通り過ぎて来たことを教えるのだ。これほど的確な方法はないぞ。今までできなかったことが、余の一言でできるようになっていく。若者の成長ほど、楽しいものはない。余は、上様の傅育を楽しんできた。人を育ててきたといえば、上様に対し無礼なのだろうが、そう自負できる。若者は、老人の手柄である」

「手柄……」

「ああ。上様と賢治郎は余の手柄だ。上様が天晴れ名君となられ、賢治郎がその補佐を務めたとき、余の名前は残る。崇敬の念をもって語られよう。余が直接聞くことはできまいがな。それもまた人だ」

「お見事な……」

阿部豊後守の心の在りように、堀田備中守が感嘆した。

「今、上様と賢治郎は、吾が手を離れる。ここからは手を貸さず、見守るだけになる。そこで、余はもう一人、生きている間に育てることにした。それが、そなたじゃ」

「わ、わたくしを……」

堀田備中守が目を見張った。

「そうだ。あと何年、余が生きておられるかわからぬが、その間、そなたを執政たる男に育ててみようと思う」

「あ、ありがとうございまする」

堀田備中守が感激した。

阿部豊後守の後ろ盾を得る。これは、出世に大事とされる引きを手に入れたことになる。

「その代わり、一つだけ誓え」

「なんなりと」

阿部豊後守の条件を、堀田備中守は受け入れると言った。

「なにがあっても、家光さまのお血筋を守れ」

厳しく阿部豊後守が言った。

「当然のことでございましょう」

条件とするほどのものではないと堀田備中守が応じた。

「わかっておるまい。余の言いたいことの真意はな。口にするのもはばかりあることだが、これも執政の役目だ。もし、お世継ぎなきまま上様が亡くなられたとしたら、五代将軍の座を巡って争いが起ころう。直系相続が途切れたのだ。傍系にとってこれほどの機はない」

「御三家が出てくると」

「うむ。もっともそのころには紀州大納言はおるまいゆえ、最大の脅威はないだろうが、御三家には家康さまの名分がある。将軍家に跡継ぎなきとき、人を出せというやつがな。家康さまも要らぬことをしてくださったものだが、将軍に世継ぎなければ、御三家から候補が出ても文句は言えぬ」

「たしかに」

堀田備中守も表情を引き締めた。

「家光さまのお血筋が、将軍でなく、御三家から出た者の下につくなど、ありえていいことではない」

家光の寵臣たちにとって、それは我慢できないことであった。

「もし、そうなったとき、我ら家光さまの寵愛をもって立身した者の家は滅びる。寵臣が生き残れるのは、引き立てて下さったお方の血を引くお人が続いている世だけ。寵愛を下さった方の血筋とともに在り、滅びていくのが寵臣だった者の宿命である」

「心に刻みまする」

「ならば、そのためにはどのようなことでもしてのけよ。今以上に汚れる覚悟もいたせ」

「はっ」

「賢治郎にそれはできぬ。あやつは上様亡き後を見るまい。殉死するだろうからな。上様にお子さまがおできになり、その傅育を任されたならば別だろうが……」

冷静な評価を阿部豊後守がおこなった。

「いわば賢治郎は寵臣らしい寵臣だ。表といってもよいな。それに対し、そなたは裏の寵臣となってもらう。その代わり、そなたを執政の座につけてやる」

「老中……」

堀田備中守が確かめるように呟いた。

「ただし、上様ご存命の間は大政参与にはなれぬと思え。要らぬことをそなたはしすぎた。止めなかった余にも責任はあるが……やりすぎじゃ。上様のお怒りを買った」

「……はい」

言われて堀田備中守が身体を小さくした。

「わかったならば、行け。執政を望んだのだ。今夜からまともに眠れぬと知れ。執政の失敗で、数百どころか数千の人が死ぬ。そして、そのことで責められるのは上様だとな」

「………」

阿部豊後守の意味することの重さに、堀田備中守が言葉を失った。

四

罪が確定したことで、深室家の封鎖は解かれた。禄が半減したこともあり、奉公人のほとんどを解雇しなければならなくなり、引っ越しの支度も三弥自らがしなければならなくなっていた。

旗本の屋敷は格式に応じて与えられる。格落ちしたときは、その罰の意味もあり、すばやく移住が命じられるのが慣例であった。

「深川……大川の向こうへやられるとは」

作右衛門はうちひしがれていた。

深川は、徳川家康が江戸に入府して以来、開発を進めてきた小名木川《おなぎがわ》の北側である。もとは葦《あし》や茅《かや》しか生えていない湿地帯であったが、水抜きと埋め立てで開拓され、江戸の拡張を担った。当初は、開拓にかかわる人夫や職人などの住まいとして使用されていたが、城下の土地不足に伴って、下級旗本や御家人の屋敷地として与えられるようになった。

「川向こう」

江戸ではないという意味も含め、深川行きを命じられるのは左遷と取られていた。

「いたしかたございますまい」

三弥が冷たく言った。

「嘆く暇がございますなら、用意をなさってくださいませ。普請奉行さまから三日で引っ越しをせよと命じられておりますゆえ」

「わかっておるわ」

娘に叱られた作右衛門がのろのろながら、動き始めた。

「わかっていたことでございますが……冷たいものでございますね。親戚というものは」

行李《こうり》に着物を詰めながら、三弥が嘆息した。

奉公人に暇を出した深室家に人手はない。さすがに女中と小者、代々仕えてくれていた譜代の家士数人は残したが、とても三日で家を片づけ、新居へ荷物を移動させることなどできない。人を雇うにしても、面識のない者を入れては荷物を持ち逃げされかねない。そこで深室の親戚に、中間などを貸してくれるよう頼んだのだが、どこも引き受けてさえくれなかった。

「罪人とつきあう気はない」

はっきりと今後のつきあいを拒絶した家もある。

三弥は人の冷たさに情けない思いであった。

「そんななか……なにをなさっておられますするので」

「荷造りだが」

あきれた口調の三弥に、賢治郎は答えた。

「お役目はすませてきた。昼からはもともと上様の御命がなければ暇であるゆえ」

賢治郎は手を休めずに告げた。

「何度も申しましたが、わたくしとあなたさまは縁を切らせていただきました」

「御当主どのは、拙者を認めてくれたようでござったが」

作右衛門の去っていったほうへ、賢治郎は顔を向けた。

「それは……」

三弥が頬を染めた。

あの日、三弥を助け、深室家まで送り届けた賢治郎に、初めて作右衛門が感謝の言葉を口にした。

「よくぞ、三弥を救ってくれた」

作右衛門が三弥を抱きしめ、賢治郎に頭を下げた。

「今までのことを詫びる。松平主馬の頼みとはいえ、あまりに無礼であった」

「いえ、吾が兄のしたこと、許されるものではございませぬ」

三弥が攫われたのは、松平主馬の指示だったと賢治郎は詫びた。

「おぬしには、なんの責もない」

はっきりと作右衛門が否定した。

「もう別家をし、これからの出世を約束されているおぬしに、今さらであろうが……三弥をもらってやってくれぬか」

作右衛門が三弥を腕のなかから離し、賢治郎のほうへと向けさせた。

「それはなりませぬ」

三弥が拒絶した。

「深室との縁は、賢治郎さまの足かせにしかなりませぬ。これ以上のご迷惑をおかけするわけには参りませぬ」

強い口調で、三弥が告げた。

「賢治郎さまは、いずれ松平伊豆守さまのように、執政へと上っていかれるお方。それにふさわしいお家から、正室をお迎えいたさねばなりませぬ」

「それはそうだが……」

作右衛門が一瞬弱気になった。

「ならば、側室でもよい。三弥を引き取ってやってくれ」

「側室……なにを言われる。三弥どのは、深室の血を引く唯一のお方でございますぞ」

賢治郎が作右衛門の言いぶんに目を剝いた。

「もう深室は残すだけの価値などない」

小さく作右衛門が笑った。

「お目見え以下に落とされなかったとはいえ、禄は半減、儂は慎みじゃ。なにより、上様のお気に染まぬと言われてしまった」

旗本はすべて将軍の直臣という矜持を持っている。外様大名たちと禄では大差を付けられていながら、堂々と相手できるのは、その誇りがあるからである。その名誉を深室作右衛門は失いこそしなかったが、大きく傷つけられてしまった。

「先祖に申しわけがたたぬ」

作右衛門がうなだれた。

当代取り立てである賢治郎にしてもそうだが、ほとんどの旗本、御家人は戦国時代、戦場で手柄を立てた先祖の功績によって生きていた。

先祖が命がけで得た禄を受け継いだ者が、己にはなんの手柄もないにもかかわらず、旗本でございと胸を張っている。これが家というものを受け継いできた武家の正体であった。

さしたる努力をせず、旗本という身分と生きていくだけの禄を甘受している背徳感の裏返しは当然ある。

それが己は格別な者であるという自負であった。その自負を作右衛門は失った。折れたのである。

「深室の家は、儂一代で終わらせる。そしてわずかながら禄をお返しする。これが儂ができる上様へのお詫びである」

作右衛門が泣きそうな顔をした。

「儂はいい。自業自得じゃ。家内にも我慢してもらう。夫婦であり、今さら実家に返すこともできず、新たな嫁入り先を見つけることはできぬであろうしの。だが、三弥は違う。まだ若い。いや、幼い。これから花咲かせる歳なのだ」

「ご心配には及びませぬ。わたくしは一人ででも生きて参れまする」

三弥が父親の気がかりにはならぬと述べた。

「嫁ぎ、子を産み、育てる。女としての幸せを、奪いたくはない。もちろん、落ちたとはいえ、深室の家は旗本である。それを差し出せば、なんとか養子は取れよう。しかし、意に染まぬ男を娘に押しつけたくはない」

「意に染まぬなど、気にしませぬ。わたくしは旗本の娘。家を残すためならば、どのような相手でも迎えて見せましょう」

三弥が反発した。

「いい加減にせい」

作右衛門が三弥を叱った。

「賢治郎どのに連れられて戻ってきたときのそなたの顔、あれを見て気づかぬ者などおらぬわ。頰を紅《あか》くし、手を取られて……親としてどうすべきかと思ったわ」

「そ、そのような……」

言い返そうとした三弥の声が弱くなった。

「嫌でなければ、三弥を頼む」

作右衛門が姿勢を正し、賢治郎に頭を下げた。

「承りましてございまする」

姿勢を正して賢治郎も応じた。

「賢治郎さま……」

三弥が大声を出した。

「今さら手遅れでござろう。拙者が三弥どのを救いに行ったと上様も阿部豊後守さまもご存じなのでござる」

「上様も……」

三弥がふらついた。

「ただ、わたくしもどうなるかわかりませぬ。勝手にお役目を休んでしまいましたゆえ、お咎めがございましょう。下手をすれば、深室さまより悪い状況になりかねませぬ」

賢治郎は眉間にしわを刻んだ。

「かまわぬ。もし、お怒りを受けて別家取り消しとなったならば、深室の婿としてお迎えしよう。さしたる家でもなく、娘も気が強いだけで、申しわけないが」

「三弥どのの気の強さはよく存じておりまする」

先々婿養子になるとして深室家へやられた賢治郎は、家付き娘の三弥に頭が上がらなかった。三弥もここ最近まで、賢治郎に厳しく対応していた。

「そうであったな」

作右衛門と賢治郎が、初めて顔を見合わせて笑い合った。

その翌日から、賢治郎は役目を終えると深室家へ寄り、夕餉まで馳走になってから善養寺へ帰るを繰り返していた。

「お手伝いをいただくのは、ありがたいのですが……賢治郎さまも新しいお屋敷へ移られる用意がございましょう」

三弥が言った。

別家すると同時に、賢治郎には屋敷が与えられていた。

「無住で長く放置されていたらしく、普請奉行さまより、今少し待てといわれております る」

空き屋敷の管理は普請奉行の仕事である。そんな傷んだ屋敷を寵臣に渡すわけにはいかなかった。もっとも少禄や御家人などで、文句を言えない者には、普請奉行も冷たい。酷いときは、襖や木戸などがない状態で引き渡してしまうこともある。が、将軍の寵臣にそのようなまねをして、家綱へ報されては、普請奉行の首が飛ぶ。

賢治郎の屋敷は、今、改修を受けており、まだ引き渡されていなかった。

「ならば他になさることもございましょう。かつてはよくお昼から、髪結いの修業に出かけておられました」

三弥が別の理由を口にした。

「あいにく、小納戸からの転出を阿部豊後守さまより、内示されておりまする」

「……それは」

さっと三弥の顔色が変わった。

小納戸は、旗本の役職のなかでは格が低い。よく似た仕事を任とする小姓組とは大きな差があり、小納戸組頭でさえ、平の小姓組士に一歩も二歩も引かなければならない。

　だが、小納戸は将軍のすぐ側にある。将軍の身の回りの世話をするだけに、その働きぶりが目に留まりやすい。

「よく気が利く」

　将軍に気に入られやすいのである。もちろん、逆に嫌われることもあるが、うまくいけば寵臣となれるのだ。将軍の気に入りとなれば、禄が増えたり、身分が上がったりしやすくなる。だけに、小納戸の人気は高かった。その小納戸を外される。それも将軍家綱唯一の寵臣として知られている賢治郎なのだ。

「わたくしのせいで……」

「……なにか勘違いなさっておるようだが」

　蒼白《そうはく》となった三弥に、賢治郎は穏やかに続けた。

「罷免とか左遷ではござらぬ。たしかに上様のお側を離れることにはなりまするが、出世でござる」

「ご出世……賢治郎さまが」

　より疑いの籠もった目で三弥が賢治郎を見た。

　家綱の近くにいたいため、終生小納戸でいいと言っていた賢治郎が、出世と引き替えに離れるなど、三弥には考えられなかった。

「たしかに上様のお側から遠ざかるのは辛い」

苦笑しながら、賢治郎は語った。

「なれど、それが真の意味で上様のためになるならば、どの役目であろうとも、拙者に否やはございませぬ」

「まあ……」

三弥が目を大きく見開いた。

「賢治郎さまが、上様のお側を離れられるとは」

「それが上様のおためだと、阿部豊後守さまより教えられましてござる」

感心する三弥へ賢治郎が答えた。

「さあ、急ぎましょう。明日には荷出しをせねば、返還前日の掃除に支障がしょうじますするぞ」

賢治郎は、ふたたび手を動かした。

五

二十日は、三代将軍家光の祥月命日である。

「久しぶりに、父の思い出話をしたい」

家綱はそう言って、弟二人を御座の間へと招いた。

「上様におかれましてはご機嫌麗しく、宰相恐悦至極に存じまする」

兄弟とはいえ、将軍とその家臣である。厳密な線引きがそこにはあった。

「うむ。そなたたちも息災のようでめでたい」

御座の間上段から、家綱が一同を見下ろした。

家綱を上座、下段の間右上手に阿部豊後守、下段の間中央に綱重と綱吉が並んで座り、御座の間襖際に新見備中守と牧野成貞が控える。しっかりとした身分の差を見せつけた光景であった。

「父家光さまが、亡くなられてずいぶんと久しい。あのころ西の丸にいた躬が将軍に、大奥にいたそなたたちが、それぞれに藩主となった。それだけのときが流れた」

「…………」

家綱の言葉を、弟たち二人が傾聴した。

「そのときが示すものをそなたたちは知らねばならぬ」

声を厳しいものに家綱が変えた。

「なんのことでございましょう」

「……………」

綱重と綱吉が首をかしげた。

「躬とそなたたちは、血を分けた兄弟である。だが、今は将軍と臣下でしかない。そのくびきを崩そうとすることは許されぬ」

「うっ……」

「……くっ」

わからないといった二人の弟に対し、新見備中守と牧野成貞が息を呑んだ。

「お教え下さいますよう」

勉学を趣味とする綱吉が、答えを求めた。

「そなたたちはわかるまい。後の二人は理解したようじゃな」

家綱が皮肉げな顔で新見備中守と牧野成貞を見た。

「成貞」

綱吉が振り向いて、呼びかけた。

「訊いてやるな。答えられまいからの」

家綱が綱吉を制した。

「しかし……」

綱吉が不満そうに口を尖らせた。

「躬が説明してくれる」

「上様……」

言った家綱に、牧野成貞が慌てた。

「慮外者。ここをどこだと心得るか。許しもなく、口を開くな」

牧野成貞を阿部豊後守が怒鳴りつけた。

「申しわけございませぬ」

牧野成貞が平蜘蛛のように身を縮めた。

「備中守もよいな」

途中で口を出すなと阿部豊後守が釘を刺した。

「……はい」

新見備中守が蚊の鳴くような声で応じた。

「さて、綱重、綱吉よ。たしかに躬には未だ世継ぎがおらぬ。それをもって五代将軍はそなたたちにという声もある。だが、躬はまだ若い。子ができぬとは限らぬ。かつて小納戸の深室をそなたたちのところへ行かせ、それについて伝えさせた」

「覚えておりまする」

「はい」

長幼を理由に継承順位第一とされた綱重が強くうなずき、綱吉は静かに認めた。

「それを変える」

「な、なぜでございましょう」

綱重が戸惑った。

「躬の手足を切るようなまねをしておいて、なにを申すか」

一気に家綱の目つきが暗いものへと墜ちた。

「なんのことでございましょう」

「わたくしにはわかりませぬ」

豹変した兄の様子に弟たち二人が脅えた。

「山本兵庫、黒鍬者。よく調べてみることだな」

「……山本兵庫といえば、母の用人であった」

「黒鍬者は、伝の実家を、綱吉が牧野成貞を見た。

綱重が新見備中守を、

「そなたたちはなにも知らされておらぬ。ゆえに、今回は見逃してくれる」

家綱が告げた。

「ただし、次はない。そなたたちも一城の主なのだ。家臣がなにをしていたか、聞いていない、知らなかったはもう許さぬ。そのおりは家中取締不行き届じゃ」

大名の改易の理由に、お家騒動があった。そのおりの罪名が、家中取締不行き届きであった。さすがに将軍の弟二人に、謀反はまずい。まだ、慶安の変の影響は色濃く残っているのだ。そこに徳川の内紛を加えるのは愚策であった。

「躬の意をしっかりくみ取れ。でなくば、西の丸に紀州大納言を迎える」

世継ぎとして頼宣を指名すると家綱が言った。

「神君の実子を、玄孫が養子に迎える。これもおもしろいかの」

順逆も極まると家綱が、乾いた笑いをした。将軍は形式だけとはいえ、直系相続が決まりである。そのため、実子以外に譲るときは養子とするのが、鎌倉以来の幕府慣例であった。

「どういうこと……」

「なにが……」

綱重と綱吉はまだ理解できていなかった。

「愚かしいよな。政を担わぬ者とはこのていどなのか」

家綱があきれた。

「あまり賢《さか》しい主君は、泰平に不要でございまする。できる家臣に任せ、己は血筋を作ることに専念する。それが、今求められる名君でございますれば」

阿部豊後守が述べた。

「そういうものか。気楽なものよな。弟というのは」

家綱がため息を漏らした。

「綱重、綱吉。そなたたちは、躬が怒っているとだけ知っておけばいい。そこにいる傅育の愚か者のせいでな」

「備中……」

「牧野」

綱重と綱吉が傅育の二人を睨みつけた。

「………」

発言を許されていない新見備中守と牧野成貞が、無言で平伏した。

「さて、そろそろそなたたちの顔を見るのも苦痛になってきた」

すっと家綱が背筋を伸ばした。

「兄弟として、そなたたちを見るのは今日が限りである。下がれ、甲府宰相、館林宰相」

追い出すように家綱が手を振った。

「はっ」

「…………」

綱重と綱吉は、反論もできず、そのまま退出していった。

「備中、どういうことじゃ」

御座の間を出たところで、綱重が問いつめた。

「なにかのおまちがえか、誰かに讒言《ざんげん》されたとしか思えませぬ。わたくしが上様に刃向かうはずなどございませぬ」

新見備中守が否定した。

「上様が、あれだけ怒られたのだぞ。わかった。そなたにはもう頼まぬ。屋敷に戻り、他の者に山本兵庫のこと調べさせる」

綱重が足音も荒く、新見備中守を置き去りにしていった。

「……誰のためだと思っておられるか。すべては殿を将軍とするためであったのだぞ。主君を武家の統領に押し上げる。これほどの忠義がどこにある」

新見備中守が表情をゆがめた。

「とはいえ、上様のお怒りで殿は浮き足立っている。委細を知られれば、吾が身が危ない。順性院様は、山本兵庫を使っていた本人だ。息子に裏を明かすことはなかろう。それに殿の周囲は吾が同心の者で固めてあるとはいえ、どこから話が伝わらぬとは限らぬ。場合によっては、上様より先に死んでいただかねばならぬかの。幸い、甲府家には跡継ぎの男子がおられる。なんとかお世継ぎとして認められる年齢までお育ちいただいたところで……。となれば、上様の側に小納戸を一人入れる策は必須だな。上様がどのように動かれるかを知らねばならぬ。また、金が要るな」

独りごちながら、新見備中守が綱重の後を追った。

「成貞、説明いたせ」

同じように綱吉も牧野成貞を詰問していた。

「わかりかねまする。黒鍬のことはお伝さまにお訊きいただくしか」

牧野成貞がとぼけた。

「伝か」

「お伝さまが、殿のおためにならぬことをなさるはずなどございませぬ。なにか齟齬《そご》があっただけではございませぬか」

「……そうじゃの。伝は余のために尽くしてくれておる。上様の誤解をお解きせねば」

綱吉が、もう一度家綱に目通りをしようとした。

「今は時期がよろしくございませぬ。すこしときをおいたほうが、上様も落ち着かれましょうほどに」

あわてて牧野成貞が止めた。

「そうか。そうだの」

「わたくしから執政を通じまして、お話を」

牧野成貞が綱吉を抑えた。

「わかった。任せる」

学問と伝にしか興味のない綱吉は、あっさりと認めた。

「では、わたくしはこれより、御老中のどなたさまかにお目通りをいたして参ります
る」

「うむ。よろしく伝のことを頼むぞ」

綱吉が供の待つ玄関へと進んでいった。

「……やれ」

額の汗を牧野成貞が拭った。

「黒鍬者め、使えぬだけならまだしも……」

牧野成貞が怒気を露《あら》わにした。

「阿部豊後守がいなくなるまで、おとなしくするしかないな。そのあと館林を引き立ててもらわねばならぬ。老中の何人かを金で飼うしかないか。無駄な費えじゃ。これも黒鍬のせいだ。覚えておれ」

呪詛《じゅそ》の言葉を牧野成貞が吐きだした。

二人きりになった家綱と阿部豊後守は、しばらく無言であった。

「……身内が最大の敵というのは確かだな」

「はい」

「あれでおとなしくなると思うか」

「わたくしが生きている間くらいは、なりを潜めましょうが……」

問われて阿部豊後守が小さく首を横に振った。

「やはり賢治郎が要《かなめ》になるか」

「せねばなりませぬ。賢治郎に経験を積ませ、上様の盾とする」

何度目になるかわからないことを、阿部豊後守が口にした。

「わかっておる。躬も肚を据えた。弟どもは敵じゃ」

家綱が決意した。

「では、深室、いえ、松平賢治郎を呼び出しまする」

「わかった。任命を終えたら、躬のもとへ寄こせ」

「承知いたしましてございまする」

うなずいた阿部豊後守が、黒書院へと出向いた。

「松平賢治郎。小納戸を解き、大津町奉行を命じる」

「謹んでお受けいたしまする」

黒書院下段の間襖際で賢治郎は、阿部豊後守の言い渡しを聞いた。

大津町奉行は、千石高で、遠国奉行のなかでも格式は低い。これは京都町奉行が、大津周辺の寺社領まで管轄するため、その支配域が狭いからである。また、世襲の大津代官小野家が、年貢にかかわる一切を握っていることもあり、町奉行としての仕事は少ないというのもその一因であった。

「賢治郎、大津町奉行は飾りに近い。大津の町は小野家が実質差配しておるし、もっとも面倒な寺社は京都町奉行が担当する。だから楽ができるなどと思うなよ。わかっておるか、かえって大変な役目だと」

「お教え願いたく」

わからないことは訊くに限る。賢治郎は素直に問うた。

「まず、寺社は京都町奉行の支配だから、大津町奉行は口出ししてくるなと言い張るだろう。しかし、それらの寺社は京ではなく大津にあるのだ。庶民や武家などと衝突するのは、大津でだ。それを京都町奉行に丸投げするようでは、民の信頼は得られぬ。いや、京都町奉行は大津まで来はせぬ。往復の手間を出せるほど、京都町奉行は暇ではない。京洛のことだけで手一杯じゃ。それを寺社はわかっている。ゆえにしたい放題だ。それをそなたは抑えねばならぬ。支配権もなしにだ」

「難しいことを……」

支配するだけの権があっても扱いにくいのが、寺社である。寺社奉行があるにもかかわらず、江戸の寺で博打場が開かれていることからも、それはわかった。

「さらに面倒なのが、小野だ。今でこそ小野は大津代官であるが、そのおおもとは関西代官であった。関西にあった徳川家の所領すべてを奈良代官の中坊《なかのぼう》家とともに支配してきた」

関ヶ原で天下を取るまで、徳川家には近江《おうみ》に九万石しか領地はなかった。秀吉《ひでよし》から京、大坂での費用にせよと与えられたこれを支配してきたのが大久保長安《おおくぼながやす》配下の小野家であった。

「京に近い大津は、人も船もものも通る。その動きで天下を知ることさえできるのだ。関ヶ原までの間、小野は上方《かみがた》の情報を探る役目も受けていた。その小野家の支配は百年には及ばぬとはいえ、大津に浸透している。小野にしてみれば、大津は吾がものであろう。そこへ上から町奉行が来るとあれば、良い気はせぬ。事実、初代である雨宮何某以来、何人もの大津町奉行が赴任しているが、目に見える功績はあげていない」

「小野が邪魔をしていると」

「…………」

確認する賢治郎へ、阿部豊後守が無言で首肯した。

「寺と面従腹背の配下。そなたはまず、この二つを御せ。それができたならば、次は金だ」

「努力いたしまする」

阿部豊後守の指示に、賢治郎は応えた。

「努力ではいかぬ。成果を出せ。二年しかそなたにはやらぬ。余の力もそれが限度であろう。そなたを江戸へ戻し、勘定方へ押しこむのが精一杯だろう。よいか、上様のお力になるならば、それだけの研鑽《けんさん》をし、結果を出せ」

「はっ」

賢治郎は強く首を縦に振った。

「上様がお呼びじゃ。お目通りをしてこい。当分、お顔を拝見できぬぞ」

「ただちに」

一礼した賢治郎は、その足で御座の間へと向かった。

「上様……」

「賢治郎」

寵臣と主君は互いの顔をしばらく見つめ合った。

「今さらなにも言わぬ。躬の思いをそなたがもっともわかっているからな」

「畏れ入りまする」

全幅の信頼を言葉にのせた家綱に、賢治郎は平伏した。

「ただ一つ。よいか、二年しか待たぬぞ」

「かならずや」

賢治郎が誓った。

「深室の娘のことは、躬が預かる。安心せい」

「お願いいたしまする」

「では、行け。名残《なごり》ばかりしているわけにはいかぬ」

家綱が賢治郎に立てと命じた。

「しばし、お別れでございまする。ご健勝であらせられませ」

深く平伏した賢治郎は、御座の間をさがった。

「玉にならずともよい。石のままでもよい。生きて帰ってこい。賢治郎」

一人になった家綱が、呟いた。

大津町奉行への赴任を命じられても、すぐに発《た》つことはできなかった。なにせ別家したばかりの賢治郎には供する家士も小者もいなかったのだ。

千石高の大津町奉行である。少なくとも侍身分の家士を五人、荷物持ちの中間、小者も数人いる。さらに騎乗しなければならないのだ。馬と轡《くつわ》取りも要る。また格式に応じ、道中は本陣、あるいは脇本陣に泊まらなければならないだけに、参勤の大名や、他の役人と宿泊が重ならないように先触れも出さなければいけない。

すべての手配が終わったときには、半月が経っていた。

「行って参りまする」

「違いましょう。いつまで深室の婿養子のおつもりでございますか」

品川まで見送りに来た三弥が、賢治郎を叱った。

「……行ってくる」

「行ってらっしゃいませ」

言い直した賢治郎に、三弥がほほえんだ。

「道中お気をつけくださいませ」

「わかって……おる」

賢治郎がなれない口調に戸惑った。

「……賢治郎さま」

三弥が声を低くした。

「わたくしを行かず後家になさいませぬよう」

「そのようなことはせぬ」

「いいえ。あなたさまは、すぐに無茶をなさいまする。今までがもの語っておりましよう。まさかお忘れだと……」

「……」

つごうが悪くなれば人は黙る。とくに女に責められた男は沈黙することでやり過ごそうとする。

「もし、賢治郎さまに万一あれば……」

だが、それを許すほど女は優しくない。

「あれば……」

「尼となり、あなたさまの位牌に毎日苦情を言わせていただきまする」

三弥が告げた。

「もちろん、そのときは上様もご一緒でございまする」

「怖いな」

賢治郎が身を震わせた。

「殿」

新たに雇い入れた家士が、旅立ちを促した。

「……ああ。では」

「はい。お帰りをお待ちしておりまする」

二人は一瞬だけ、目を合わせた。

「お発ち」

小者が大声を出した。

お髷番承り候　完結

あとがき

『お髷番承り候』の最終巻を上梓させていただきます。二〇一〇年十月に『潜謀の影』で始めました物語も十巻で完結致しました。

ご存じのとおり、この作品のテーマは『成長』でした。家綱《いえつな》と賢治郎《けんじろう》、この二人が互いに相手を頼りながらも、男として、人として成長していく。その様子を物語として紡《つむ》いで参りました。

人は死ぬまで成長し続けていくものだとわたくしは考えております。朝ご飯に何を食べたかも経験であり、味覚を成長させてくれます。

さらに成長は若者だけのものではありません。背の高さなど身体の成長は、若者の特権でしょう。ですが、人生の経験は別物です。

たしかに若者は人生の先駆者である先輩から、仕事のこと、生き方のことなどを学んで成長していきますが、それは裏返せば、若者を育てるという先輩の経験ともなっているのです。

経験こそ、人生の糧《かて》ではないでしょうか。

今、わたくしの手元に二人の小説家志望の方が来ています。わたくしより優れた感性の持ち主ですが、いかんせん若い。まだ二十歳をこえたばかりなのです。

圧倒的に経験が足りない。

感性では勝てなくとも、経験ではわたくしが優《まさ》ります。少しでも役立てばといろいろな話をしております。すると、己でも忘れていたことを思い出したり、いや、こうではないかと作品制作の考えを変えたりすることが出て参りました。

これはわたくしの成長です。

では、我が国はどうなのでしょう。二〇一〇年から今までの間に、成長したのでしょうか。この五年のなかには、辛《つら》い体験が多くありました。とくに二〇一一年の三月に東北を襲った災害は、筆舌に尽くしがたいものでした。関西に住んでいたわたくしにとって、二十年前にあった阪神淡路大震災を彷彿《ほうふつ》とさせる衝撃でした。

阪神淡路での体験は、東北でどれだけ生かされたのでしょうか。地震というより津波によって引き起こされた天災ではありましたが、少しでも家屋の倒壊などで亡くなられた方が少なかったならば、阪神淡路の被害は教訓として生きた。

そして東北の震災も日本人は無駄《むだ》にしない。そう信じたいと思います。昨今、日本を囲む状況は緊迫の一途をたどっています。領土問題に端を発した隣国との緊張、さらには中東などでのテロリズムに巻きこまれるなど、日本だけは無事ですむという幻想が崩れました。

これも日本人が成長していった結果でしょう。

日本は四方を海に囲まれた小さな島国です。海を渡る技術が開発されるまで、日本は外界と隔絶されていました。いえ、開発されてからでも、日本は特殊な環境であり続けました。大洋をこえる航海術ができてからも、日本は鎖国を続けました。じつに一八五三年、アメリカ東インド艦隊が浦賀《うらが》に来航するまで、日本は世界から目と耳を閉じて来ました。

もちろん、長崎の出島という窓口はございましたが、積極的な外交はおこなっていませんでした。これは、キリスト教という封建主義にとってつごうのわるい宗教を閉め出すためでしたが、他にも外国の影響を受けたくないという意思がありました。拒《こば》んでいたのです、成長を。

しかし、それも明治維新で崩れました。徳川幕府と政権を交代した明治新政府は、渇《かわ》いた喉《のど》をうるおすように、海外の文明を受け入れました。

新知識は、日本人を熱狂させたことでしょう。明治時代になると、多くの日本人が海外へと出ていきました。知識を求める者、新大陸で一旗あげようとする者、それぞれが夢を抱いて海を渡りました。

日本は一気に近世から近代へと進歩しました。

その後、日本は世界を相手に戦うという無茶《むちゃ》をし、大きな傷を負いました。これは、鎖国で成長を止めてしまった反動、知識に経験が追いつけなかったことによる悲劇ではないかとわたくしは考えています。

その戦争から七十年、日本は平和という経験を重ねてきました。これこそ戦後の日本をささえて下さった方々の想いではないでしょうか。その想いを守り伝えていくだけでなく、さらなる高みへと成長させていく。これが今後の日本の成長に繫《つな》がるとわたくしは信じています。

己が学んだこと、自分が教えたこと、これらすべてが成長に繫がる。愛情、友情、憐憫《れんびん》、嫉妬《しっと》、嫌悪、そのすべてが人を成長させる。

そして成長した自分が、後輩たちを助ける。まちがいなく、経験は受け継がれていきます。

想いを次代に伝える。想いの継承もわたしはできると思っております。わたくしのテーマである継承、その一つの形として、この物語を提示させていただきました。
おかげさまでご好評をいただき、一区切りのところまで続けることができました。深く感謝しております。

お髷番などというわけのわからない役職の物語を書かせてくれた徳間文庫さん、担当編集氏、表紙をお願いした画家の西のぼる先生、デザイナーさん、そして販売をしてくださった書店員の皆さま、ありがとうございました。

なによりも読者さまに、あつく御礼を申しあげます。

これからも新たな物語を紡ぎ続けて参ります。

なにとぞ、今後ともよろしくお願いいたします。

皆さまのご多幸を祈りつつ……

平成二十七年春三月

上田秀人　拝

解　説

縄田一男（文芸評論家）

第一巻『潜謀《せんぼう》の影《かげ》』冒頭の紀州大納言の、四代将軍・徳川家綱《いえつな》に対する「我らも源氏でございます」という不敵な一言ではじまった〈お髷番承り候〉も第十巻となる本書『君臣《くんしん》の想《そう》』でいよいよ大団円となる。

本シリーズは、二〇一〇年十月に第一巻が刊行され、二〇一五年五月に完結となったのだが、その間、作者とそして深室賢治郎《みむろけんじろう》と歩みを共にしてきた読者は、さぞ感慨無量のことであったろうと思われる。

かくいう私もその一人だが、賢治郎の境遇、さらには〈お髷番〉については、作中、幾度も記されているので、ここではいちいちそれには触れない。

では、この作品の眼目は何かといえば、一つには、家綱とその寵臣・賢治郎の成長小説であり、また一つには五代将軍継嗣《けいし》問題をめぐる抗争劇である。

後者に関していえば、これは往時の名作、土師清二《はじせいじ》の『砂絵呪縛』以来のテーマといってよく、本シリーズは、家光《いえみつ》の三男・綱重《つなしげ》／順性院《じゅんしょういん》サイドと、同じく家光の四男・綱吉《つなよし》サイドに、前述の紀州大納言が絡むといった設定である。

彼らは時として黒鍬者《くろくわもの》を使い、或《ある》いは伊賀者を用いて水面下で激しくぶつかり合い、賢治郎らを巻き込んでいく。

そして一般に日本の作家は、政治を描くのが下手だといわれているが、極論をいえば、この物語は政治を描くことによってのみ進められている、といっても過言ではない。

上田秀人は、『上田秀人公式ガイドブック』（上田秀人／徳間文庫編集部編）の「上田秀人に聞く！　～創作への思い、作家としてのこだわり～」というインタビューの中で、

結局、首相を補佐する優秀な人間がいないのだと思います。トップが仕事をするための下地作りをする人間がいない。政治家はみんな自分がトップに立ちたいから、誰もが目立とう、目立とうと、それればかりです。だからいつまで経《た》っても縁の下の力持ち的な存在が出てこない。

とも、

家綱はまだ若くて、もっと成長しなくてはいけない。その若い総理を陰で支える官房長官役が、松平と阿部ですよね。そして下で動く実務担当が、主人公であるお髷番の深室賢治郎です。こうした構図は私の希望でもあるんです。現代の政治もそうあってほしいという。（傍点引用者）

ともいい、この連作――いや、自作のほとんどが――過去と現在の合わせ鏡であることを吐露《とろ》している。

そして、縁の下の力持ち＝家光の時代からの真の寵臣・松平伊豆守《まつだいらいずのかみ》が、良きパートナー、阿《あ》部《べ》豊後守《ぶんごのかみ》をおいて一人逝くシーンは、この連作、屈指の名場面といっていいだろう。

一方、考証的な面でいえば、〈お髷番承り候〉には、泰平の世における組織や武家の有様がこと細かに説明してあり、十巻を通して読めば、ちょっとした考証辞典的側面があるのも読者には嬉しい限りではあるまいか。

そしていよいよ本書『君臣の想』について触れたいと思うが、舌を巻くのは、全十巻にわたるシリーズが何の瑕疵《かし》もなく見事に閉じられていることだろう。

物語をはじめるときは、いくらでも大風呂敷を広げて読者の興味をひくことができる。しかし、問題なのはそれをどう閉じるかだ。前述のインタビューの中で作者は、自分はラストシーンを決めて物語を進めてゆく、と語っているが、五年間、そのラストに向けて緊張を持続し、慎重に筆を進めていく。これは、凡手にはできない業《わざ》だ。まして、私たちは五代将軍に誰がなるかを史実として知っているのだから――。

そして、ここからは本書の内容に入るので、解説を先に読んでいる方は、ぜひとも本文に移っていただきたい。

まず、冒頭に記されているのは、目付の取り調べにあっている深室作右衛門《さくえもん》の危機であるが、こんなものはほんの序の口。賢治郎に類が及ぶのを避《さ》けるべく、彼を別家させる手続きが行われる中、堀田備中守《ほったびっちゅうのかみ》の奸計を受けた無頼の手によって三弥《みや》が誘拐されてしまう。

この三弥奪還がまず第一の見せ場である。

そして第二の見せ場こそ、本書の真骨頂といえよう。

それは、剣による生命のやりとりはないが、一歩間違えば、徳川の政道を踏み誤まらせかねないもの――すなわち、江戸城中において、阿部豊後守が、真の寵臣とは何かを、賢治郎に語るシーンである。

いわく「君臣が遠慮なく、向かいあえる。それがいつ終わったのか、いつから、上様は守られるだけの御輿《みこし》になってしまわれたのか」。

いわく「（由井正雪《ゆいしょうせつ》の乱）を止めた長四郎《ちょうしろう》（松平伊豆守）は大手柄だ。（中略）だが、前例を作ってしまった。いや、契機を作った。幕府が将軍ではなく、老中の指揮で動くという形をな。ああ、長四郎だけに押しつけてもいかぬな。儂も同罪よ。上様が幼いとして、政《まつりごと》から離した」。

そして、ここで前述の三弥救出をはさんで、豊後守が家綱に向かっていい放つことばの数々、その迫力を見よ！

いわく「上様、わたくしが生き恥をさらして参ったのは、ひとえに死して家光さまのもとへ行きましたおり、よくぞやったとほめていただきたいがため」。

いわく「わたくしは、上様の臣ではございませぬ。わたくしは家光さまだけの家臣」。（傍点引用者）

正に死を賭《と》しての諫言《かんげん》ではないか。

そして豊後守は遂にいう、寵臣とは何か、ということを——。

「おわかりか。家臣といえども人でござる。人はなにかなければ動きませぬ。わたくしが今まで上様の傅育をして参ったのは、すべて家光さまに褒めていただきたいがため。上様より一石の加増もいただきたくはございませぬ」

そして「これが寵臣でござる。上様は甘い。わたくしは上様のおためを思ってなどおりませぬ。それをまず、心にお刻みいただきましょう」

「わたくしにとって、賢治郎どころか、すべての大名、旗本は、家光さまの御遺言を果たすだけの道具でございまする。すべての有象無象は、上様を磨くだけのもの」

ここからさらに、法のあり方——当然、それは現代にも通じる——等が説かれていく。

小説には必ず陰の主人公がいる。このとき私たちはそれが阿部豊後守であることを知るだろう。

私はこれらのくだりを読んで、戦慄したといっていい。上田秀人が優れた作家であることは、無論、承知していた。

しかしながら、これほど誠のもののふの書ける作家であるとは。それも政治というぬえの如《ごと》きものを通じて。

正に読者の心胆を寒からしめる迫力ではないか。

豊後守に較《くら》べれば、紀州大納言など陽気なトリックスターに見えてくる。

そして、各々、将軍としての、そして寵臣としての肚《はら》をくる家綱と賢治郎の二年後の再開を期して、この長い物語は幕を閉じる。

完敗だ。この解説を書いていて心底、そう思う。だが、作家に負けてこれほど気持ちの良いことは稀である。

〈お髷番承り候〉は、高度な政治小説として、ある意味、作者の最高傑作ではあるまいか。私はそのことを信じて疑わない。

二〇一五年四月

この作品は徳間文庫のために書下されました。

徳間文庫

お髷番承り候十

君臣《くんしん》の想《そう》

2015年5月15日 初刷
2023年2月20日 4刷

著者 上《う》田《だ》秀《ひで》人《と》
発行者 小宮英行
発行所 株式会社徳間書店
東京都品川区上大崎三-一-一 〒141-8202
目黒セントラルスクエア
電話 編集〇三(五四〇三)四三四九
販売〇四九(二九三)五五二一
振替 〇〇一四〇-〇-四四三九二
印刷 製本 大日本印刷株式会社

ISBN978-4-19-893954-0 (乱丁、落丁本はお取りかえいたします)

上田秀人「お髷番承り候」シリーズ

一 潜《せん》謀《ぼう》の影《かげ》

将軍の身体に刃物を当てるため、絶対的信頼が求められるお髷番。四代家綱はこの役にかつて寵愛した深室賢治郎を抜擢。同時に密命を託し、紀州藩主徳川頼宣の動向を探らせる。

二 奸《かん》闘《とう》の緒《ちょ》

「このままでは躬は大奥に殺されかねぬ」将軍継嗣をめぐる大奥の不穏な動きを察した家綱は賢治郎に実態把握の直命を下す。そこでは順性院と桂昌院の思惑が蠢いていた。

三 血《けつ》族《ぞく》の澱《おり》

将軍継嗣をめぐる弟たちの争いを憂慮した家綱は賢治郎を密使として差し向け、事態の収束を図る。しかし継承問題は血で血を洗う惨劇に発展――。江戸幕府の泰平が揺らぐ。

四 傾《けい》国《こく》の策《さく》

紀州藩主徳川頼宣が出府を願い出た。幕府に恨みを持つ大立者が沈黙を破ったのだ。家綱に危害が及ばぬよう賢治郎が目を光らせる。しかし頼宣の想像を絶する企みが待っていた。

五 寵《ちょう》臣《しん》の真《まこと》

賢治郎は家綱から目通りを禁じられる。浪人衆斬殺事件を報せなかったことが逆鱗に触れたのだ。事件には紀州藩主徳川頼宣の関与が。次期将軍をめぐる壮大な陰謀が口を開く。

六 鳴《めい》動《どう》の徴《しるし》

激しく火花を散らす、紀州徳川、甲府徳川、館林徳川の三家。甲府家は事態の混沌に乗じ、館林の黒鍬者の引き抜きを企てる。風雲急を告げる三つ巴の争い。賢治郎に秘命が下る。

七 流《る》動《どう》の渦《うず》

甲府藩主綱重の生母順性院に黒鍬衆が牙を剝いた。なぜ順性院は狙われたのか。家綱は賢治郎に全容解明を命じる。身命を賭して二重三重に張り巡らされた罠に挑むが——。

八 騒《そう》擾《じょう》の発《はつ》

家綱の御台所懐妊の噂が駆けめぐった。次期将軍の座を虎視眈々と狙う館林、甲府、紀州の三家は真偽を探るべく、賢治郎と接触。やがて御台所暗殺の姦計までもが持ち上がる。

九 登《とう》竜《りゅう》の標《しるべ》

御台所懐妊を確信した甲府藩家老新見正信は、大奥に刺客を送って害そうと画策。家綱の身にも危難が。事態を打破しようとする賢治郎だが、目付に用人殺害の疑いをかけられる。

十 君《くん》臣《しん》の想《そう》

賢治郎失墜を謀る異母兄松平主馬が冷酷無比な刺客を差し向けてきた。その魔手は許婚の三弥にも伸びる。絶体絶命の賢治郎。そのとき家綱がついに動いた。壮絶な死闘の行方は。

全十巻完結

徳間文庫　書下し時代小説　好評発売中